# Buenavista capital del sexo

JOSÉ GABRIEL CEBALLOS

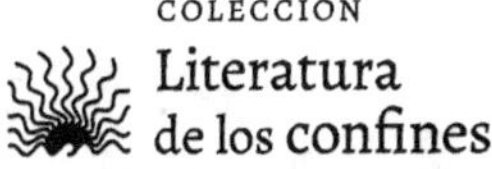

COLECCIÓN
Literatura de los confines

**Buenavista
capital del sexo
José Gabriel Ceballos**

Copyright © 2021 José Gabriel Ceballos
Publicado en Estados Unidos por Pro Latina Press
www.prolatinapress.com

Segunda edición, 2021

Editores: Patricia Severín y Maria Amelia Martin
Imagen de cubierta:  Carlos Ubaldo Maciel
Diseño gráfico: Noelia Mellit y Álvaro Dorigo

Library of Congress Control Number: 2021948355

ISBN 978-1-7377458-3-9

# Buenavista capital del sexo

JOSÉ GABRIEL CEBALLOS

Pro Latina Press

PALABRAVA

## Los inmunes

Desde que disponen de la Difusora Prioral, y aunque ya casi no aparecen, juegan con nuestras mentes como un gato con un ratón acorralado. Cuando oímos los altavoces en medio de la noche la sangre se nos paraliza. Apenas conseguimos dormir. Pese a los ansiolíticos y los somníferos, las vigilias nos devoran la razón, reduciéndonos a unos espectros que por fin nos hundiremos por completo en la muerte o la locura, o en ambas a la vez. Ah, los insomnios... Escrutar el silencio que nos aplasta, a la espera de que resuene el *Hola, hola, probando, probando,* y luego la maldita presentación: *De nuevo en el aire, Difusora Prioral, publicitaria, informativa y cultural...*

Anoche habló Adalberto Recabarren, a quien dábamos por difunto. Estaba en las últimas cuando los enfermeros lo retiraron de su casa. Al día siguiente vimos pasar al padre Basilio y nadie dudó de que iba a darle la extremaunción a Recabarren, pues el cura no sale sino para suministrar ese sacramento. Como cada vez que pasa, su figura, impresionante por la combinación de la sotana negra y la máscara antigás que le mandó el obispo, hizo que nuestros corazones temblaran. Pocos no habrán rezado una oración por Recabarren, hombre correcto, intachable, buen padre de familia y honrado comerciante, que comulgaba todos los domingos y crió a sus hijos en el estudio y el respeto, ¿cómo no apiadarse? Sin embargo, anoche los altoparlantes propagaron su voz y nuestra compasión se tornó en el más violento odio.

Habló con una elocuencia que no le conocíamos. No dijo nada que ya no hubiésemos oído. Que somos unas cucarachas, que este encierro es propio de miserables cobardes, etcétera. ¡Pero de qué manera lo dijo! Que nos miremos en los espejos. Y que nos miremos también los unos a los otros, y contemplemos la porquería en que nos ha convertido el terror al virus. Y que pensemos que ésta es la imagen de nosotros que se llevarán al futuro nuestros hijos y nuestros nietos que nos sobrevivan. Cuánta severidad y cuánta convicción... Después, nos enteramos de que muchos estallaban en llanto mientras lo escuchaban. Nada que ver lo de Adalberto Recabarren con las burlas con que nos bombardean los otros inmunes.

Tampoco tiró mierda contra nadie, algo frecuente en los discursos de los demás. La señora Rosalía Saucedo, por ejemplo, reputada por amantísima esposa, relata depravaciones sexuales increíbles a las que su marido la habría sometido durante sus quince años de matrimonio. Él se suicidó tres semanas atrás. Pepete Elizondo proclama que detesta a su padre por despótico y avaro, y que decidió renunciar a su herencia. Increpa al padre con frases durísimas, obscenas algunas. El coronel Duarte se las agarra con el Ejército Argentino. Sin duda, si alguna vez el mundo se normaliza, le quitarán el grado y la mensualidad del retiro. Manga de inútiles, grita el coronel. Que sólo sirven para desfilar, que por cagones se rindieron en Malvinas, grita.

Pero vayamos al principio. Los inmunes surgieron al mes y pico de haber comenzado la cuarentena. Los pioneros fueron el sepulturero más viejo, los dos mendigos del pueblo, una enfermera, algunas chicas del prostíbulo, una lavandera y el recolector de la basura. Por hallarse muy expuestos al virus, se contagiaron, superaron la enfermedad y se inmunizaron mientras la pandemia aún invadía Buenavista. Y no tardaron en formar esa tribu maligna, engendro de Satanás.

El primer indicio de su insolencia lo tuvimos ya la primera noche en que se manifestaron. Hay que aclarar que se manifiestan siempre por las noches. Durante el día, cuando nos ponemos los barbijos y salimos por nuestros menesteres perentorios, a comprar alimentos o algún remedio o a pagar una cuenta que no admite prórroga, ellos permanecen quién sabe dónde, porque en sus domicilios no están. Las veces que fuimos a buscarlos no los encontramos. Pero las noches les pertenecen. En la oscuridad reinan.

Aquella primera noche el impacto fue terrible. Había luna llena. Escuchamos un tambor y nos asomamos estupefactos por las ventanas. El basurero aporreaba el tambor. Los demás iban detrás, lentos, prosopopéyicos. Algunas de las mujeres desarrollaban una extraña coreografía, una especie de danza de sonámbulas. Vestían ropas que les habían sacado a los cadáveres de las víctimas del virus.

Las consecuencias, desde luego, resultaron muy penosas. La señora Eusebia Leguiza sufrió un soponcio al reconocer el traje con el cual se había vestido al cadáver de su esposo. Lo reconoció por la condecoración que el gobierno provincial había otorgado al terrateniente por sus contribuciones al progreso de la ganadería en la región, todavía prendida junto a la solapa izquierda. La madre del flaco Berlingeri, el jefe de los *Boy Scouts*, enloqueció al reconocer el uniforme respectivo. Hubo ataques de llanto y de furia que se prolongaron hasta el amanecer.

El segundo desfile sucedió una semana después. Habían muerto siete contagiados más. Entonces, todos los inmunes salvo el del tambor realizaban la danza solemne. Desfilaron con antorchas y pancartas. Un cartel decía *La vida es para corajudos.* Y otro: *Merézcanse el mañana.*

Pero recién nos planteamos la cuestión de su, llamémosle, ideología, cuando empezaron a utilizar los altoparlantes de la Difusora Prioral (con el consentimiento del propietario, que se incorporó a la facción ni bien ganó la batalla contra el virus tras una larga agonía). Desde entonces hemos procurado detectar en sus mensajes algún trasfondo intelectual coherente. Hoy muchos pensamos que es éste: los inmunes entienden que quien vence a un virus tan terrorífico se vuelve un ser superior, se eleva a un supremo nivel espiritual, y que por ello la pandemia representa una oportunidad única, imperdible, para el mundo: la de que nazca una casta de superhombres que lo conduzca hacia un futuro venturoso o algo así. Y para afianzar su sentimiento de superioridad —opinamos quienes sostenemos dicha teoría— nos bombardean con su desprecio y se esmeran en pisotear públicamente aquello que constituye la causa de las represiones más intensas que soportaron. En el caso del alemán Otto Reiser, su masculinidad, por ejemplo. Una abominación bastante increíble, pues cuando se radicó en Buenavista nuestro relojero don Otto hasta despertó presunciones de una pertenencia a las SS, por su rudeza. Ahora, para convencernos de la homosexualidad que declara por los altoparlantes debe exhibirse hecho una loca, peluca rubia, tacones, vestido y maquillado como una puta. Pero en la mayoría de los casos la demostración implica una venganza feroz. En el caso del Pancho Quesada hallamos un paradigma en ese sentido. Durante tres décadas, y con los beneficios obvios, el Pancho trabajó en política para el doctor Rovira Páez, caudillo autonomista. La sombra del doctor, alardeaba el Pancho, su mano derecha. Y en cuanto cargo desempeñó su caudillo él estuvo a su lado como asistente más o menos encubierto, siempre con un sueldo estatal. Pues bien, el Pancho Quesada suele denunciar minuciosamente, a través de las bocinas, los chanchullos cometidos por Rovira Páez en la función pública.

Alguien con vena poética dijo por ahí que con tanta delación y tanto sinceramiento (nota: los adulterios sospechados e insospechados predominan, sin duda) este pueblo se convertirá en un cementerio de caretas. Un gran acierto poético.

Sólo pudimos destruir unas pocas bocinas. Las bajamos con pértigas y piedras, las achatamos a garrotazos, pero no actuamos con la necesaria diligencia; al día siguiente las demás desaparecieron con sus cables y ya no vimos ninguna. A todas luces, ahora ellos arman y desarman su sistema acústico por las noches. Pero por mucho que vigilamos no logramos localizar ni una sola bocina. Aquí surgen hipótesis muy diferentes. Que se valen de altoparlantes inalámbricos, que quizá uno solo muy potente, que varios parlantes móviles. Talento tecnológico no le falta a don Jubileo, el dueño de la Prioral. Incluso hay quienes opinan que los parlantes ya no existen, que padecemos alucinaciones auditivas.

Tampoco, pese a los diversos recursos que empleamos, conseguimos impedir las pintadas en los muros. Cada día encontramos una distinta que nos exhorta a atrevernos, a lanzarnos a la intemperie con la cara descubierta, a recuperar nuestra dignidad y conquistar una libertad absoluta.

Nuestro tormento crece constantemente. Ya no tenemos esperanzas de que una autoridad cualquiera frene a los inmunes. Aquí nadie gobierna nada. El Intendente Municipal huyó con su familia a un pueblo menos atacado por el virus, el presidente del Concejo Deliberante y el Juez de Paz lo imitaron, el comisario murió entre las primeras víctimas de la enfermedad, los demás policías se esfumaron. Hemos urgido el socorro de poderes provinciales y nacionales pero la pandemia, al parecer, inmovilizó al país entero. ¿Y qué chances nos quedan de proceder nosotros mismos? Ya se dijo, hoy ellos se muestran raras veces: apariciones como la del relojero, individuales y demasiado sorpresivas y fugaces para que reaccionemos a tiempo. Reacciones exitosas hubo, es verdad, con algunos inmunes cosidos a balazos, pero no las suficientes para detenerlos. Además, las confusiones nos desconciertan. Alguien llama por teléfono a media madrugada para advertirnos que un inmune viene hacia acá, uno acecha hasta el amanecer con el arma gatillada y resulta que el avistamiento consistió en una pesadilla del informante.

Y aun hay que mencionar otros factores que debilitan nuestro odio. Por ejemplo, la idea de que en cualquier momento el virus nos enferma y nos curamos, y así, sin temeridades, pasamos a las filas de los inmunes.

Y también esta idea que nos tortura especialmente: que quizá no tememos al virus, que quizá lo que nos aterra es la posibilidad de inmunizarnos.

## Schubert

Las profesoras de piano de Buenavista enseñaban bajo la supervisión del Conservatorio Fracassi. Eran cuatro. Su alumnado estaba formado mayormente por niñas y señoritas; los pocos varones, por lo general, desertaban tras las primeras clases. El conservatorio enviaba al pueblo un examinador cada año, al promediar la primavera.

Schubert despreciaba y odiaba aquella enseñanza con toda su alma. La descalificaba con palabras como *basura*, *porquería*, *farsa*. Sostenía que el Conservatorio Fracassi, al que llamaba *Fracaso*, había sido creado por músicos mediocres y resentidos para arruinar el talento musical de las nuevas generaciones. Examinadores, profesoras, alumnos, tutores de los alumnos quedaban comprendidos en aquel odio, sin excepción. Y cuando se avecinaban los exámenes dicho odio se volvía una ira inconmensurable.

Vivía en la modesta casita que había heredado de sus padres, con un viejo tocadiscos, unos cuantos discos y una gran cantidad de gatos. Merced a la pensión que el Estado le pagaba por su invalidez. Sus padres (era hijo único) lo habían mandado a Buenos Aires, adolescente aún, para que cultivara su vocación de pianista. Allá vivió con unos tíos y se convirtió en un pianista eximio. Un accidente de tránsito lo dejó paralítico y lo obligó a regresar al pueblo; los padres murieron poco después. Explicaba que la imposibilidad de utilizar los pedales del piano había truncado su carrera.

Lo apodaron Schubert por la pasión que sentía por Schubert. Según él, ningún compositor superaba a Franz Schubert.

La música que emitía su tocadiscos, que con frecuencia sonaba muy mal por las averías que la púa producía en el vinilo, incluía a Schubert reiteradamente. Escuchar a Schubert, para lo cual solía subir mucho el volumen, lo sumía en una especie de enajenación. A veces lo escuchaba sentado en una silla junto a su puerta y cada tanto simulaba tocar un piano invisible, por momentos con los ojos cerrados. Los brazos extendidos a la altura de un teclado con las manos abiertas, con las palmas hacia abajo y desplazándose a izquierda y a derecha, los dedos trémulos. Se sacudía como un poseso mientras ejecutaba la "Fantasía del Caminante". No ejecutaba "Serenade" sin lagrimear.

—¿Dándole a Schubert, Schubert?

—¡Arriba Schubert nomás!

—¡Schubert al Colón! ¡Schubert al Colón!

Algunos se detenían y aplaudían, lo que motivaba una sonrisa feliz del pianista.

Pero la música no le bastó para sobrellevar su soledad. También recurrió al alcohol. La bebida no tardó en ocupar un espacio desmesurado y definitivo en su existencia. Entonces el resentimiento eclosionó, ponzoñoso: a los cuarenta años Schubert era un guiñapo, un títere del resentimiento, un paria. Y encontró en los Fracassi las víctimas perfectas.

Ni bien se enteraba de que el examinador ya venía (casi todos los pianos lo proclamaban con un inequívoco frenesí preparatorio) Schubert estallaba. Primero usaba su tocadiscos para expresar su enojo, a un volumen tal que los gatos huían enloquecidos.

La segunda etapa de aquella ira tenía una explicitud y una belicosidad mayores. Acallado el tocadiscos, Schubert se ponía a putear a voz en cuello delante de su vivienda. Al Conservatorio Fracassi y a su colectividad en pleno. Puteadas colosales, pletóricas de veneno, los epítetos más ultrajantes trenzados con el ingenio y la precisión que tiene la chusma más indecente para injuriar. Imprimía el mismo grado de obscenidad a sus invectivas en general, por algo se lo temía como al diablo, pero en aquellas ocasiones puteaba con una agudeza y un regodeo que aumentaban la eficacia de los conceptos. Las palabrotas sólo eran los ingredientes básicos. La amplitud léxica, las adjetivaciones múltiples, las florituras alternadas con los aguijonazos, la pronunciación y el sarcasmo que condensaba la mezcla hasta volverla indigerible daban al veneno una potencia sin par.

Y apenas anoticiado Schubert de cuándo exactamente arribaría el examinador, aquella furia ascendía a su culmen. Estrépitos de cosas que se rompían, salpicados con puteadas en ráfagas, lo anunciaban desde la casita. El vecindario se tensaba aún más. Las miradas convergían en la puerta por donde finalmente Schubert aparecía. Se detenía allí por unos minutos, colgando de sus muletas como agigantado por la inquietud que generaba. Entornaba los ojos, empinaba el mentón, atisbaba la calle a izquierda y a derecha en un moroso reconocimiento intimidatorio. Ni la fealdad (orejas sin proporción con la carita escuálida, gruesos labios siempre ensalivados, ojeras, unas canas que semejaban hilachas) ni el desaseo ni los estragos del alcoholismo ni el tullimiento de las piernas menoscababan el efecto. Los testigos no veían al pequeño y frágil paralítico al que a menudo los gurises provocaban por diversión, sino algo así como un gladiador monstruoso que irrumpía en la arena dispuesto a exterminar sin piedad. El barrio en un estatismo digno de las mejores películas de suspenso, nadie a la vista, hasta perros y pájaros alertas, mientras Schubert lo escrutaba, inmóvil. Una escena que parecía ajena al tiempo, emanada de un sueño.

Y de pronto comenzaba su aterradora marcha. Aquí se debe consignar que Schubert manejaba las muletas con suma habilidad. Las muletas, por decirlo así, integraban su cuerpo. Las movía con una desenvoltura que ningún escollo interrumpía. Esquivaba, zigzagueaba, giraba a cualquier velocidad que los bíceps le permitieran, sin transparentar el menor esfuerzo. Sobrio o borracho; las borracheras no quitaban seguridad a su andar.

Pues bien, ahora Schubert avanza con un ímpetu incontenible, vociferando contra el Conservatorio Fracassi y sus súbditos. Los testigos fingen no verlo, huyen. El nerviosismo cunde. Se sabe que aquella verborragia inmunda se derramará frente a cada casa donde haya o pueda haber un Fracassi, profesora o alumno. Y éstas ya serán puteadas específicas, con nombres y apellidos, y por ello mil veces más dañinas. No importarán los sexos, las edades, los estatus. La aristocrática madre de un alumno recibirá descargas tan virulentas como las que caerán sobre una pobre profesora que come gracias a sus clases de piano. Una doncella sufrirá agravios que sonrojarían a una rastrera prostituta. Un santo y un canalla valdrán lo mismo. Las alusiones a las partes íntimas, a las taras y máculas más degradantes y a vilezas inconfesables inundarán dichas casas cual un vómito del infierno. A menos que la policía llegue antes, claro, pero los policías de Buenavista acostumbran proceder con una lentitud exasperante y a algunos quizá la situación les divierte.

Recién cuando el examinador recale en Buenavista habrá freno para Schubert. Una reclusión domiciliaria garantizada por policías en guardia continua en torno a la casita, uno junto a la puerta delantera, otro junto la ventana y otro ante el muro de los fondos.

Pero refirámonos ya a la discoteca de la *mansión* deshabitada, el anhelo supremo de Schubert.

Aclaremos, la *mansión* no era una mansión. No debía el nombre a su tamaño sino a su forma, que sobresalía entre las construcciones que la rodeaban. Un simple chalé antiguo de dos plantas, con un jardín frontal protegido por verjas oxidadas e invadido por la maleza, el tejado a dos aguas con huecos. Y una clausura muy añeja que ameritaba las historias de fantasmas que le atribuían. Allí habían vivido los Koffman. Un Koffman había construido el chalé después de prosperar como dueño de la primera gasolinera local y comprar campos. A los Koffman les había sucedido lo que a varias familias principales del pueblo: la decadencia, la migración, la dispersión. Herederos que no se ponen de acuerdo y otra casa sin moradores, cerrada para siempre.

Pues bien, en el chalé habría un formidable combinado y una excepcional discoteca de música clásica, con la cual soñaba Schubert. El paralítico declaraba privada y públicamente su amor por tal discoteca. Enumeraba las razones estremecido por la emoción: interpretaciones únicas, orquestas y solistas grandiosos, compositores insignes, compositores ignotos cuya genialidad yacía hundida en el olvido. Decía que durante la infancia había escuchado aquellos discos. Que solía escaparse de su casa por las noches, a la hora que los Koffman reservaban para su deleite de melómanos y, oculto en la acera, participaba de aquellas sesiones musicales. Que así había aprendido a amar la música clásica, así había nacido su vocación, así sus orejas habían aprendido a reconocer a Schubert. Para que no hubiera dudas, señalaba el ventanal por el que salía la música, se apretaba los párpados, tarareaba melodías, hacía visajes. A veces amanecía durmiendo frente al chalé y uno se imaginaba que el combinado y la famosa discoteca poblaban su sueño entre las brumas de la mamúa. A veces interceptaba a los transeúntes para preguntarles si anoche habían oído el concierto de la *mansión*, mencionaba títulos y compositores y se explayaba sobre cuán maravillosamente había sonado aquello.

Los Fracassi rompieron su pasividad respecto a Schubert valiéndose de aquella discoteca. Con un resultado *prima facie* satisfactorio, aunque suscitaron críticas. En un sermón, con alusiones inequívocas, el cura dictaminó que aprovecharse así de la credulidad del prójimo implicaba un pecado, y también en el Bar Central surgieron reproches, y en las timbas del Club Social, donde el tema motivó fuertes discusiones. Sin embargo, la gente en general aprobó el embeleco. ¿Por qué censurarlo? ¿Qué daño le causaría a Schubert? Los Fracassi tan sólo se defendían y tenían derecho a eso.

Jamás se divulgó el nombre de quien concibió la estratagema. Un Fracassi importante, se presumía, tal vez el padre o la madre de un alumno. Tal vez la idea salió de una reunión en la que los Fracassi trataron sobre la necesidad de acabar con los ataques de Schubert, y luego de un largo debate, análisis, cálculos, especulaciones. Quizá se barajaron y descartaron posibilidades diversas, hasta drásticas, no una simple amenaza sino un buen susto. Schubert era lo bastante temerario como para que lo amedrentara cualquier amenaza, pero sí lo amedrentaría un julepe concreto, un asalto nocturno a su covacha, por ejemplo, que unos encapuchados lo asaltaran y lo sacudieran un poco... y aquí las objeciones habrán abundado, los Fracassi habrán temido algún imponderable, quizá la reacción ante los asaltantes; ¿y si intentaban una solución menos dramática, por ejemplo que alguna autoridad citara a Schubert para informarle que su pensión por invalidez corría peligro si aquellas agresiones no se terminaban...? En determinado punto alguien habrá recordado la discoteca de los Koffman, los más perspicaces habrán considerado cuánta eficacia prometía aquella alternativa y ya sólo faltó discutir y definir cuestiones secundarias, armar y pulir el proyecto.

Nunca quedó en claro cómo actuaron los embaucadores. Algunos afirmaban que una comisión visitó a Schubert y le propuso directamente este pacto: la discoteca, que ellos procurarían adquirir de los herederos, a cambio del cese de las hostilidades. Otros, que los Fracassi se habían ganado la paz gracias a una artimaña más compleja: Schubert habría recibido una carta de un presunto heredero al que los jueces habían adjudicado la discoteca y que ocupaba un alto cargo directivo en el Conservatorio Fracassi y etcétera. Otros, que el Intendente Municipal (cuñado de una profesora Fracassi) habría citado a Schubert para comunicarle que estaba dispuesto a promover la expropiación de la discoteca para que él, Schubert, la usara impartiendo clases gratuitas de música clásica en la Municipalidad, siempre y cuando... Cualquiera que fuese el *modus operandi*, y por muy absurda que fuese la patraña montada sobre los hechos, Schubert hubiese depuesto su combatividad. Amaba demasiado aquellos discos.

Después, y por unos cuatro años, el tiempo transcurre sin sobresaltos en esta historia. Las profesoras de piano impartieron sus clases cotidianas; los pianos cantaron sin sujeción alguna, con la desvergüenza que les infundían los aprendices; los examinadores arribaban, recibían los agasajos y las zalamerías que supone la esperanza de una buena nota, cumplían su cometido y se marchaban sin que el odio de Schubert asomara.

Todo indicaba que Schubert se había comprometido a no revelar en qué fundaba sus expectativas respecto a la discoteca de la *mansión*. Nadie lograba sonsacarle un solo dato del asunto. Incluso rehuía hablar de la discoteca al igual que de los Fracassi. Si se lo espoleaba para ello, respondía con una sonrisa y un silencio taimados, los ojitos vivaces, un encogimiento de hombros, y si la insistencia resultaba mucha él giraba sobre sus muletas y escapaba tarareando o silbando un fragmento de Schubert. Sus permanencias frente a la *mansión* se repetían ahora con mayor frecuencia pero sin aspavientos; se quedaba allí sumido en la serenidad de los que esperan confiados. Hasta se diría que se emborrachaba menos y se aseaba más. Y desplegaba una respetuosa amabilidad completamente extraña en él, que por momentos lo hacía irreconocible.

Cuando algunos Fracassi creyeron haber neutralizado el odio que Schubert sentía por ellos, lo evidenciaron con un atrevimiento que produjo inquietudes por parecer excesivo: realizarían, en el Club Social, el concierto de los alumnos que habían aprobado el examen anual, evento que una década atrás el miedo a Schubert había reducido a la añoranza. Al principio el anuncio fue difundido con cautela, como a media voz. Cundió cierta resistencia entre los progenitores de los alumnos: ¿exponer a nuestros hijos al escarnio en público? ¿Qué pretenden, no se conforman con haber aplacado a la fiera, para qué tentarla? Sin embargo, los organizadores no retrocedieron; dijeron que el comisario les había prometido instalar aquella noche una guardia infranqueable en la casa de Schubert y hasta pregonaron que el conservatorio enviaría un directivo para presenciar el concierto. Esto no ocurrió, pero el concierto se llevó a cabo, aunque, hay que señalarlo, con pocos participantes. Casi todos, tanto los alumnos como las profesoras, tocaron mal, cometieron gruesos yerros, sin duda por el nerviosismo que enrarecía el ambiente. Salteaban notas, aceleraban la interpretación, perdían el ritmo, se embrollaban. Por su parte, el auditorio se mostraba más bien indiferente a aquellos descalabros; apenas lograba desviar su atención de puertas y ventanas, aplaudía a destiempo, sus caras patentizaban una tensión desbordante. Pero Schubert no apareció. Y el estruendoso y prolongado aplauso que cerró el acto sonó a alivio, a una liberación definitiva.

Los acontecimientos demostrarían que aquella gente se equivocaba. Desde el incendio de la *mansión*, concretamente.

Sucedió una noche de invierno muy fría, muy tarde, cerca ya de la madrugada. La campana de la iglesia despertó a la población con un rebato desesperado. Los vecinos salían a tientas, con el sueño en el gesto, algunos en ropa de dormir. A los diez minutos el pueblo era un hervidero. Sombras que corrían y se atropellaban, una urgencia sin tino. Las llamaradas tenían alturas tremendas e iluminaban el alboroto con resplandores que multiplicaban el espanto. Lenguas del averno que lamían el cielo negro amenazando con devorarse al mundo, chorros de chispas que se desprendían de la masa ígnea y se esparcían, se arremolinaban y caían formando cosmos fugaces, un humo espeso que desdibujaba las formas. De a ratos el chalé de los Koffman ardía como con furia. Algo estallaba entre las llamas y el fuego se agigantaba con su voracidad intensificada, lo que arrancaba gritos de la muchedumbre. Luego, se diría que por una orden omnipotente, el monstruo se apaciguaba, sus lengüetazos decrecían y una especie de fatiga preludiaba el siguiente furor. Hubo rezos grupales, organizaciones fallidas, manifestaciones diversas de histeria, catarsis inverosímiles. Hasta que llegó Schubert.

Llegó despacio. Lo escoltaban unos cuantos gatos. Traía la mirada desorbitada y fija en las llamas, como fascinado.

Un mutismo expectante se propagó entre la multitud, que se inmovilizaba a medida que enmudecía. Los ojos iban de Schubert al incendio y viceversa llenos de desasosiego. Imponente Schubert, alumbrado por el fuego que aniquilaba su anhelo, con claroscuros cambiantes en su cara enjuta, semejante a un Rembrandt. Un rostro que sugería la tragedia humana en su esencia, en su rebelión perpetua, su impotencia, su derrota. Estuvo ante el incendio, recostado contra una pared, unos cinco minutos. Luego giró y se fue lentamente, cabizbajo, por el espacio que le abría el gentío.

Algunos asegurarían haber oído en aquel ínterin una música tenue, apenas perceptible por el rumor de las llamas. Unos afirmaban: una orquesta; otros, un piano solo. Y todavía años después, muchos años después, surgirían testimonios de que el chalé de los Koffman (sus ruinas cenicientas) exhalaba música por las noches, cuando el pueblo dormía.

Schubert sobrevivió a la *mansión* un lustro y medio más o menos. Durante ese período ningún examinador del Conservatorio Fracassi recaló en Buenavista, los alumnos de piano rendían sus exámenes en pueblos vecinos. Una precaución quizá exagerada, porque el paralítico limitaba sus ataques contra aquella enseñanza a unos refunfuños casi ininteligibles y muy esporádicos.

Transcurrido un tiempo prudencial desde la muerte de Schubert, los examinadores volvieron. Y continuaron haciéndolo por unos cuantos años más, hasta que el arte de tocar el piano perdió relevancia social y los alumnos resultaron demasiado pocos.

## Un detective eficiente

La indefinición de la viuda superaba en mucho lo razonable. Algunos de sus pretendientes incluso ya se habían muerto. Desde luego, no todos encuadraban en lo que por lo común se considera un *buen candidato*. Los había vagos, canallas, vividores. Algunos, demasiado viejos, que sobredimensionaban la necesidad de protección que el patrimonio de la viuda requería. Otros, demasiado jóvenes, excesivamente confiados en sus atractivos físicos. La mayoría, como resulta obvio en un pueblo perdido, rústicos que no sabían tratar a una dama. Cada tanto corría el rumor: Fulano también; o: parece que Mengano espera la respuesta; o: Zutano rompió con su prometida por la viuda... O aparecía un desconocido que enseguida revelaba su intención de conquistar a la susodicha. Y así durante una década y algo más. Desde su ostentosa casa, de donde salía muy poco, la viuda irradiaba un halo tan constante como poderoso. Aquí los espero, señores. Cuiden a sus novios y maridos, pobrecitas...

Atributos para generar tales expectativas no le faltaban. No era bella pero tampoco fea, y aún le restaba juventud. Andaría por los treinta cuando se quedó sola. Espigada, rubia. Un cuerpo sin desproporciones y con cierta elegancia. Y —sobre todo— rica. Muy rica, cuanto hacía suponer la herencia que su marido había recibido de un tío en la capital, unos cuatro años antes de traerla al pueblo ya desposada, riqueza que habría crecido gracias a unas misteriosas inversiones. De esto, de la prosperidad ininterrumpida, alardeó el marido hasta sus últimos días, dándoselas de gran hombre de negocios, y lo acreditaban unos circunspectos forasteros que a menudo visitaban la casa, se hospedaban en el único hotel del lugar y se decían servidores de aquellas finanzas.

El magnetismo que la casa de la viuda ejercía sobre la población se corporeizaba con frecuencia suficiente para que nadie olvidara su vigencia. Una noche cualquiera, una serenata empujaba miradas soñolientas hasta los visillos de las inmediaciones. Una mañana, un ramo de flores surcaba la atmósfera letárgica del barrio hacia la mansión. Y las materializaciones de la envidia y los celos. De vez en cuando un hechizo amanecía en la vereda ahuyentando a los transeúntes, sal, cenizas, monigotes con agujas, muñecas mutiladas, alguna alimaña sin sus tripas. Pese a la premura con que los criados los suprimían, casi ningún maleficio pasaba desapercibido para el vecindario. Y estaban los chismorreos que promovían la exageración y la mera fantasía. Que le habían enviado una alhaja con diamantes, o un cuadro de un pintor célebre, o un perfume francés... La indignación cundía. ¿Hasta cuándo? ¿Por qué no escoge o se va? ¡Eso, que se lleve lejos sus desprecios, su dinero le permite mudarse a cualquier parte! El mujerío que sentía amenazados sus intereses exacerbaba aquel malestar.

Esporádicamente renacía cierta esperanza. Un criado, rompiendo la discreción derivada de su alto salario, informaba que había advertido señales de un enamoramiento. La viuda salía a pasear sin su habitual medio luto. Un pretendiente se jactaba de progresos. Alguien aseguraba haber detectado miradas cómplices entre ella y tal o cual aspirante en la misa del domingo... Y sin embargo, la gente se desengañaba pronto. Las confirmaciones se hacían esperar demasiado, la ansiedad aceleraba la frustración. Así que cuando alguien dijo haber leído,

en el consultorio sentimental de una revista, que ciertas mujeres sólo se enamoran de hombres capaces de romperles el corazón muchos pensaron que la viuda era un ejemplo.

Dos candidatos despertaron un optimismo especial; tanto,
que la elección pareció consumada.

Primero, un comisionista ganadero que llegó al pueblo en
tren. Recorrió estancias, compró y embarcó por el ferrocarril
varias tropas y se marchó y regresó unas semanas después,
para dedicarse a cortejar a la viuda. Un tipo apuesto, cuarentón.

Explotó su gallardía combinándola con sus dotes de jine-
te. Alquiló un magnífico caballo, un tordillo que había ganado
medallas, y se paseaba por las calles sobre el animal. Empil-
chado como para una foto, traje oscuro, sombrero aludo. Pasaba por la mansión sin volverse hacia ella, lento, a veces al
trotecito, y tieso como si no sintiera las porfías de la cabalga-
dura. Al tercer día se vio al recadero del hotel dirigirse a lo de la
viuda con un manojo de gardenias y claveles y la gente se puso
alerta. Desde entonces, cada vez que una persona entraba al
hotel o salía de él, aun por la noche, un efecto instantáneo se
propagaba hacia los cuatro puntos cardinales. El recadero llevó
a la mansión más flores, y paquetes, y una madrugada sonó
allí una serenata que causó pasmo por su calidad y la cantidad de participantes. Diez músicos y un cantor que arribaron
en un camión polvoriento. Cuando aquella tarde descendieron
con sus instrumentos frente al hotel, nadie dudó de para qué
venían. El homenaje duró alrededor de una hora. Mientras los
músicos actuaban, el caballo caracoleaba y piafaba con el jine-
te, en la bocacalle, impresionante a la luz de la luna. Y la propia viuda salió a agradecer. Pero inopinadamente el forastero

abandonó el pueblo y la esperanza no demoró en apagarse. Un nuevo fracaso; de nuevo el desaliento, la sombra de tamaña obstinación agigantándose.

El otro fue el maestro. El pueblo tenía un único maestro varón, soltero aunque ya cincuentón. Petiso y gordito, calvo, algo tímido. Lo consideraban un buen docente. Los niños y sus padres lo preferían y por eso las maestras lo detestaban; se atribuía a ellas el estigma de marica que le enjaretaron. Vivía con su madre, una viuda enjuta cuya energía y rigidez merecían un grado militar. Pues bien, por largo tiempo se creyó que la madre había abortado lo que, según todo lo indicaba, pudo ser un romance entre el maestro y la viuda rica.

El gordito empezó a concurrir a la mansión. Al principio iba dos o tres tardes a la semana, pero la frecuencia aumentó enseguida. En ocasiones llevaba libros y regresaba con éstos, pero una tarde fue con una caja que por su aspecto contenía bombones, y tal evidencia hizo estallar la explicación que daban los criados: que la viuda quería mejorar su vocabulario. La incredulidad resistió muy poco al deseo de creer, ciertos pormenores contribuyeron a ello: los libros desaparecieron, el maestro exhibía cambios inequívocos, seguridad, locuacidad, una indumentaria juvenil sustituyó a la chaqueta y al rugoso pantalón polvoriento de tiza. No obstante, la relación naufragó, o comenzó a naufragar, un par de meses después. La anciana sargenta enfermó, el maestro pidió licencia para acompañarla a la capital para las consultas médicas, madre e hijo permanecieron en la capital por un breve período y cuando retornaron el supuesto noviazgo pertenecía al pasado. Transcurrió y transcurrió el tiempo y ya no se vio al gordito ni siquiera arrimarse a la mansión. Arreciaron las especulaciones sobre la influencia de la madre en la presunta ruptura, Freud y su complejo de Edipo llenaron las habladurías y recién casi un lustro después, gracias al detective, se supo que la anciana no había influido en absoluto.

Y ya cabe contar lo del detective.

Surgió como acostumbran surgir los detectives, misteriosamente. El hotelero informaba que aquella madrugada se despertó en el sofá del vestíbulo y lo halló de pie frente a él, inmóvil y seco aunque afuera llovía a cántaros, con una maleta pequeña. Al promediar la mañana no había quién ignorase su presencia; en un pueblo como aquél no es posible guardar el secreto de que alguien escribió *detective* en su ficha de pasajero. Así que, tras la siesta, cuando el extraño (alto y flaco, cetrino, la mirada penetrante) anduvo las dos cuadras que separaban el hotel de la mansión de la viuda, se detuvo ante ésta y sacudió la aldaba, un interrogante se extendió cual nube expansiva hasta obnubilar las mentes más lúcidas: ¿por qué la visita? Y al rato pendían de la nube muy diferentes conjeturas: ¿negocios?, ¿otro iluso?, ¿la viuda mandó a espiar a algún pretendiente? El detective estuvo en la mansión hasta el anochecer. Esa misma noche tomó el tren dejando al pueblo sumido en la confusión.

El enigma empezó a disiparse al día siguiente. Unas mujeres allegadas al cura propagaron la noticia con la urgencia que el caso ameritaba: la viuda había encargado una misa por el alma de un desconocido. El asombro general se condensó sin intermisiones hasta la famosa misa.

La curiosidad colmaba la iglesia desde hora temprana. La viuda asistió vestida de luto total. Pálida, ojerosa. Irradiaba una aflicción que conmovió a todos. Lagrimeó varias veces.

Y ya no se mostró sin el luto riguroso hasta que volvió el detective.

La explicación se completó poco a poco. Un rompecabezas complicado por la falta de precisiones pero construido con pertinacia por una voluntad unánime. Colaboraron incluso los criados (acotación: la viuda no tenía amistades, entiéndase, ninguna lo bastante estrecha como para que se creyera en confidencias) y quizá también el cura, que la confesaba los domingos.

La gran dama había renunciado a un gran amor para casarse con su marido. Una pasión tremenda, un volcán en catastrófica erupción. Aquí los comentarios se ramificaban y adquirían una desconcertante diversidad. Un poeta. Un calavera. Un noble. Un canceroso desahuciado. Un eunuco. Un forajido... Lo cierto es que la codicia había vencido al sentimiento, y ella acabó por aceptar la propuesta matrimonial que su marido le formulara tras un galanteo pródigo en regalos fabulosos, irresistibles. Y sin embargo, aunque sin afectar la fidelidad conyugal, la llama pervivió y la viudez fue combustible suficiente para reavivarla y tornarla hoguera. Ni bien enterró a su esposo, la viuda buscó a su antiguo amante dispuesta a ofrecerle su arrepentimiento y su riqueza. Revolvió cielo y tierra, contrató a detectives carísimos, gastó fortunas en rastreos y esperanzas que se desvanecieron al igual que pompas de jabón. Y mientras aguardaba, claro, rechazaba pretendientes indiscriminadamente (la anciana madre del maestro quedaba, pues, exenta de culpa). Pero aquel detective le trajo revelaciones conclusivas: el ex amante, por el dolor que ella le había infligido, se había lanzado a un vagabundeo desesperado por el mundo. Y había fallecido en un país remoto, hecho un mendigo, o una especie de ermitaño. El sabueso enseñó contundentes pruebas. Grabaciones de testigos; documentos; fotos —fotos de una lápida con un nombre bien legible, entre otras—; certificaciones oficiales. Hasta un mapa con el itinerario seguido por el viajero a lo largo de los años.

El pueblo se condolió. Una mujer que sufre una pena de amor multiplicada por remordimientos conmueve incluso a las piedras. Si alguien vaticinó que los embates de pretendientes se reanudarían en cuanto la viuda evidenciara alguna resignación se equivocó. Y quienes quisieron sembrar dudas sobre la verdad del relato del detective y sus pruebas no obtuvieron éxito.

Pero tales dudas cundieron luego de unos meses. Desde que el detective regresó y se presentó en la mansión con un ramo de rosas rojas, lo que bastó para que la gente recordara aquella sentencia de un ignoto consultorio sentimental y comprendiera que ya había un triunfador.

## Inusitada mixtura

—¿Y cuándo murió doña Calí? —le pregunté.

Me contestó:

—Hace cuatro meses. Yo quería venir enseguida de su muerte, pero me retuvieron mis ocupaciones.

Ocupaciones comerciales, un minuto antes me había dicho que se dedicaba al comercio. Y al parecer, por sus ropas, sus zapatos, su ostentoso reloj de pulsera, la prosperidad lo acompañaba.

— ¿Ella vivía con usted?

—Sí. Me la llevé en cuanto me acomodé por allá.

*Allá* era la capital de una provincia lejana.

—Usted tenía hermanos.

—Tres. El mayor falleció. Los otros dos andan por Buenos Aires.

Habitaban —recordé— un rancho medio torcido junto al río. Allí la Calí lavaba ropa para varias familias ricas, cultivaba su parcela, cuidaba algunas vacas y ovejas. Como se comprenderá, las reducciones, por esporádicas, le proporcionaban una ganancia sólo complementaria.

Mientras conversábamos y tomábamos el mate que cebaba el viejo Cambá Honorio, mi criado, recordé que muchos años atrás yo había confeccionado una lista de hipotéticas sorpresas que el menester de abrir ataúdes habría deparado a la Calí. Aspiraba a escribir un cuento sobre la Calí, y estimé que dicha lista me serviría para eso. Sin embargo, por alguna razón, quizá por uno de los cíclicos cansancios que me ocasiona mi inclinación a escribir sobre la muerte, había abandonado el proyecto, y nunca lo retomé. Ahora mi memoria se movía entre aquella lista y lo que conservaba de aquella mujercita morena, eléctrica, narigona.

Se llamaba Calixta y carecía de pareja estable. Se afirmaba que todos sus hijos procedían de padres distintos. Con los esqueletos desplegaba un rito singular. Encendía una vela a la cabecera del ataúd, murmuraba rezos, repetía vehementes santiguaciones. Separaba los huesos con suma delicadeza, como con cariño, valiéndose de un cuchillito para romper las articulaciones más sólidas. Les quitaba con el cuchillito las adherencias más gruesas y los depositaba en la urna siempre meticulosamente. Y volvía a rezar tras tapar y colocar la urna en su sitio, y se retiraba del panteón reculando y santiguándose. De quemar el cajón y los demás residuos y trasladar las cenizas al basural se encargaba el sepulturero. Aclaro: yo podría jurar que esto no proviene de mi imaginación, que espié alguna de aquellas faenas.

Una sorpresa que sobresalía en mi lista era una serpiente. La Calí la veía salir de la calavera de una mujer que había muerto con fama de calumniadora. Mi fantasía había creado escenas impactantes para aquel momento. El bicho brotaba en el hueco de un ojo. Sus colores (se trataba de una víbora coral, por su hermosura) resplandecían al sol igual que una pincelada que se deslizara lenta por el hueso oscuro, bituminoso. O la evacuación sucedía a través de la boca, previa escalofriante vacilación, durante la cual los diabólicos ojillos escudriñaban por entre los dientes y el recelo infundía agilidad a la lengüita bífida. Y de pronto la coral se enroscaba y saltaba cual flecha que la Calí apenas esquivaba.

El tipo me refirió los avatares de salud que empujaron a su madre a la tumba. En mi pensamiento surgieron otras sorpresas de mi lista.

La suicida. Una muchacha que se había ahorcado sin motivo conocido. La Calí encontraba en el féretro la explicación para aquel suicidio: el esqueletito de un feto.

El prófugo. Un presunto estafador. Se lo tenía por muerto en un accidente de tránsito. Por la desfiguración, lo habían velado con el ataúd cerrado. La Calí sólo hallaba arena en el cajón. Los deudos que la habían contratado para la reducción, desde luego, lo desmentían.

El lobisón. Un esqueleto humano con un cráneo a medias humano y a medias canino. El hombre lobo se había muerto en la fase inicial de una transformación.

El marido furioso. La viuda respectiva había puesto sobre el muerto un retrato suyo para que él la recordara en la eternidad. La Calí hallaba el marco y el vidrio en curuvicas, gracias al odio conyugal (la foto, por supuesto, ya no existía).

Y en mi lista había más, considerablemente más. Cuerpos incorruptos; cabelleras, barbas y uñas crecidísimas; pruebas de catalepsia; flores que denotaban santidad... Pero —me interrogué— ¿había habido alguna vez una historia para mi cuento? ¿Acaso yo no había pasado de la lista de sorpresas?

Cuando pregunté al visitante qué lo traía, el hombre respondió que deseaba hablar conmigo sobre un asunto de mi *personal interés*, y que había viajado para eso. Me inquieté, percibí inquietud en Honorio. Que un extraño viniera desde tan lejos por algo de mi *personal interés* constituía un enigma preocupante. Resultaba inevitable barruntar una deuda olvidada, ya nos había ocurrido.

—Como usted se acordará, mamá desarmaba difuntos —dijo.

Habrá notado mi desconcierto. Miré de nuevo a Cambá Honorio, que se había puesto tieso en su silla, el termo suspendido con el pico junto al mate.

—Me acuerdo. ¿Usted es el hijo que la ayudaba?

—No, señor. La ayudaba el mayor, el fallecido.

—Ah. Recuerdo que entre los dos desarmaron a mi abuelo.

— ¿Más o menos cuándo?

—A ver... Yo estaría empezando la secundaria. Hace cincuenta, cuarenta y cinco años

—Yo no había nacido.

En mi mente afloró una reminiscencia muy vaga de aquel acontecimiento. Sin duda perduraba gracias a la impresión que me produjo enterarme de que la Calí y su hijo adolescente, aquella mañana, en la vereda sombreada por los plátanos, aguardaban el pago de tan horrendo trabajo. Me habré enterado por algún sirviente, sobre la muerte no se solía hablar con los niños en mi casa.

—Bueno —agregó el forastero—. Sabrá que a sus padres también los redujo ella.

La consulta visual con Cambá Honorio provocó un indeciso gesto afirmativo. Y porque mi cara aún lo inquiría, Honorio aclaró: yo no vivía en el pueblo, ya me había ido a estudiar afuera.

—Ya ve, lo ignoraba —admití—. Pero debí suponerlo, nadie más realizaba aquel trabajo por acá.

—Había un brasilero —me corrigió mi visita.

—Belarmino Ribeiro —terció mi criado.

El forastero asintió y comentó:

—Mamá aseguraba que el brasilero desapareció porque había encontrado un tesoro, un muerto forrado en libras esterlinas.

Vislumbré una posibilidad para mi cuento potencial. Una idea que juzgué estupenda, un amorío de la Calí con el tal Belarmino Ribeiro. La descarté al instante: mejor, un argumento fundado en la competencia. Descarté toda probabilidad de escribir el cuento. Bastaba de muerte. ¡Nunca más enredarme con la parca! ¡Mantener una distancia definitiva entre la parca y mi vida!

Entonces el tipo comenzó a desembuchar la causa de su visita:

—Tampoco sabrá lo de la mixtura —comenzó.

Y me contó que su madre había reducido a mis progenitores el mismo día. Y que no sólo por ello había sido una reducción especial.

Pero aquí debo consignar unos datos imprescindibles en este relato: a) papá falleció joven, treintañero; b) habían transcurrido cinco o seis años desde su casamiento con mamá, que todavía no había llegado a los treinta, y yo era muy chico; c) a los esqueletos del panteón familiar sólo se los reducía cuando iba a morirse otro pariente y faltaba lugar para él.

Pues bien, mi visitante me contó que aquel día la Calí cumplió con una comisión adicional a la reducción propiamente dicha: mezcló los huesos de mis padres en una misma urna.

Tardé unos instantes en asimilar por completo la información. Mi mente se había convertido en un caos. La desesperada mirada que eché a Honorio rebotó en una pura culpa.

— ¿Es cierto? —le pregunté, casi le grité.

Honorio titubeaba, encendido. Meneó la cabeza como quien procura rechazar la realidad, los ojos se le saltaban. Agachó la cabeza y la meneó de nuevo.

— ¿Por qué me lo ocultaste? ¿Con qué derecho?

Me levanté, acerqué mi furia a su turbación, sentí ganas de aporrearlo. Y también ganas de llorar, a gritos. Y ansié saber quién había dispuesto aquello, canalizar el furor hacia el verdadero responsable.

— ¿Quién, Honorio? ¿Quién ordenó eso?

Sin alzar la cara, mi criado suspiró y murmuró:

—Su tía Panchita, patrón.

La revelación aplastó mi cólera. ¡La tía Panchita, claro, la tía Panchita! Pero ¿cómo incriminar a una loca? Entreví fugazmente su rostro marchito y pintarrajeado, con la expresión soñadora que le imprimían los poemas de amor, las fotonovelas, los boleros, los chismes relativos a los idilios pueblerinos, envuelto en el humo de sus cigarrillos fumados con boquilla. ¿Quién si no aquella romántica chiflada podía dar una orden tan absurda? Deduje: uno de los períodos en que la tía Panchita ejerció el mando de la familia porque en el pueblo, por las ausencias y las enfermedades, no quedaba otro que lo hiciera.

Me senté. Me desmoroné. Me hundí en aquella angustia que me impedía pensar con coherencia. Hasta que una visión dominó la vorágine, primero difusa, nítida enseguida, todo lo enseguida que suponía la necesidad de impugnar lo que había oído. Las dos urnas de mármol blanco recortadas en la penumbra, juntas, a la izquierda del altar, en el nicho inferior.

—Hay dos urnas —dije.

—Por el cura, según mamá —replicó el visitante—. El cura, al que se solicitó autorización, había prohibido la cosa. Por eso es tan grande la urna que tiene el nombre de su padre.

Volví a sumirme en mis sentimientos. La angustia retrocedía, una especie de devastación emocional se extendía en mí. Así, absorto, perdido en mi páramo interior, permanecí hasta que el forastero reanudó su explicación.

—Unos días antes de morir, mamá me pidió que viniera a informarle este asunto. Sus padres la atormentaban en sueños.

Busqué de nuevo los ojos de Cambá Honorio, pero el viejo rehuyó mi mirada.

—Conozco la razón —corté—. No necesita continuar.

Yo había descubierto las cartas hurgando entre unos papeles olvidados en un mueble del altillo. Cartas que papá recibió de una amante poco antes de morirse. Cambá Honorio y yo habíamos conversado largo y tendido sobre aquellas cartas, Honorio me confirmó su contenido: cuando se murió mi padre, éste y mi madre se odiaban, ella había descubierto la traición y él había resuelto irse con su amante. La separación ya estaba decidida, sólo faltaba acordar unos detalles patrimoniales. Como lo exigía aquel mundo conservador, regido por las apariencias, la ruptura constituía un secreto incluso para buena parte de la familia.

Me paré. El visitante me imitó algo perplejo.

—Le agradezco la molestia —le dije, estrechando su mano—. Vaya tranquilo, usted ya cumplió su deber en este lío. Yo trataré de cumplir el mío.

## Buenavista capital del sexo

El Festival del Sexo, que aún se realiza cada año en El Farol Rojo, el prostíbulo de Buenavista, tiene su antecedente en las Jornadas Culturales cuya sede fuera el mismo burdel.

Según una especie de acta manuscrita y sin firmas que conservara la madama doña Alpha, las dichas Jornadas Culturales surgieron por iniciativa de algunos caballeros que frecuentaban la casa, entre ellos el médico Aquiles Carranza, el procurador Barraza, el poeta Ceferino Miranda y el relojero Otto Reiser. Los otros nombres están tachados con garabatos o resultan ilegibles, como si se hubiese querido ocultarlos. No consta quién concibió la idea. Constan sí el propósito motivador: incentivar el desarrollo cultural de aquel universo clandestino, en especial, desde luego, en las pupilas, y el eslogan que se eligió para publicitar las Jornadas: *El sexo también es cultura*. Y un dato procedimental: se cursarían invitaciones a prostíbulos de la región para que enviaran protagonistas que los representaran.

Considerando los tres o cuatro meses transcurridos desde la fecha del acta hasta la inauguración, se infiere que las adhesiones se multiplicaron a una velocidad extraordinaria. Y que por ende el programa fue confeccionado entre vivaces discusiones, y que hubo preparativos intensos, recaudaciones, una expectativa que impregnaba la actividad prostibularia noche a noche. Sin embargo, de la etapa previa a las primeras Jornadas no existen más rastros físicos que aquella acta fundacional. De la historia posterior de las Jornadas hay cuantiosos vestigios. Doña Alpha dejó incluso un archivo atinente a tal historia, una caja con documentos diversos, cuadernos a guisa de memorandos, anotaciones sueltas, cartas, fotos, impresos, contratos. Se supone que ya la primera edición creó una conciencia cabal de la importancia que cobraría el evento.

En aquella inauguración hablaron la madama doña Alpha y, por la clientela, el lelo Quechencho. Ambos leyeron sus discursos. Esto permite entrever tanto la autoría de un tercero como la intención de quitar al acontecimiento la solemnidad que suele empañar los actos culturales, pues Quechencho era tartamudo además de opa.

Lisandro Arzuaga, el anciano propietario del periódico local, dictó la conferencia inicial. El tema: "Las hetairas en la Grecia clásica". Así se despidió de El Farol Rojo el brillante intelectual; al mes y medio fallecía, se comentó que por una neumonía derivada de una gripe que contrajo aquella noche. Posiblemente algunos amigos lo evocaron así durante largo tiempo: su huesuda delgadez erecta ante el auditorio cautivado por su vozarrón que resucitaba a Aspasia de Mileto, a Neera, a Glycere, a Filénide y a tantas otras putas míticas, los gestos que delataban pasión y convicción, entre fuertes aplausos.

Otro acto memorable fue un recital poético que ofreció Ceferino Miranda. Cosecha propia, poemas, al menos algunos, escritos sobre aquellas mesas, amasijos compuestos con utopías, desengaños y ginebra, al calor de miradas amigas y con música de gallos lejanos.

Cualquiera que conozca en profundidad El Farol Rojo se figurará la inmovilidad reinante en el recinto, el éxtasis generalizado, los rostros penetrados por la emoción, los ojos con el rimel corrido por las lágrimas. Es que el poeta Miranda encarnaba la quintaesencia del lupanar. Su estampa reflejaba la melancolía que esconde toda puta, la angustia de todo nocherniego contumaz, la soledad sin esperanza que empuja a los parroquianos arquetípicos. Ello explica que permanezca en la casa aún hoy, añares después de su partida hacia la nada, en el difuso retrato fotográfico que cuelga tras el mostrador, junto a los retratos de doña Alpha y las otras mujeres que trabajaron bajo aquel techo y merecieron tan significativo homenaje. Así que el éxito del recital estaba garantizado desde el primer momento; nada de aquellas Jornadas amerita mayor certidumbre que ese éxito.

Entre los demás actos corresponde mencionar, por las resonancias que el olvido no acalló, la lectura de un cuento perteneciente a Guy de Maupassant con que se lució el Chiche Miqueri, una conferencia sobre el tema "Psicoanálisis y sexualidad", unas danzas árabes y la exhibición de una película ilustrativa sobre el kamasutra. Los dos últimos ya revelan la tendencia que transformaría aquellas Jornadas Culturales en el Festival del Sexo.

El cuento "Bola de Sebo", leído por el Chiche Miqueri, causó sensación. Una combinación formidable: la maestría de Maupassant y aquella voz pulida durante décadas ante el micrófono de la radioemisora municipal, riquísima en modulaciones, matices y escalas, capaz de exaltar, acariciar, calmar, sobrecoger, enternecer con pareja facilidad, y que respetaba las puntuaciones a rajatabla y que no omitía ninguna consonante. Voz que constituía el instrumento perfecto para la historia de aquella magnánima, inmortal prostituta.

Por el contrario, la conferencia sobre "Psicoanálisis y sexualidad", dictada por un psiquiatra que viajó desde la capital provincial sólo para la disertación, invitado por el doctor Carranza, amigo suyo, generó un supino aburrimiento. Se desprende de un comentario deslizado en el primer cuaderno-memorando que mientras el psiquiatra, un cincuentón que en una desteñida fotografía del archivo aparece calvo y rozagante, de traje y moñito, se enredaba con las disquisiciones freudianas, las putas, tras mostrar desconcierto al principio y luego un mal reprimido fastidio, comenzaron a intercambiar risitas y muecas y pronto a conversar y enseguida a burlarse sin disimulo. Que el doctor Carranza intervino para imponer silencio, confiando en su autoridad de antiguo cliente y médico de la casa. Que no obstante el desmadre devino incontenible, ante lo cual el psiquiatra no tardó en resignarse, abandonar su cometido didáctico y sumarse al jolgorio que ya armaba el mujerío.

Cuatro pupilas ejecutaron las danzas árabes, las cuatro reconocidas por las dotes para el baile que demostraban cotidianamente en el burdel: María Foguete, Gina Lollobrígida, la Rubia Culito y Cleopatra. Gina Lollobrígida incluso solía amenizar las noches bailando rumbas en cueros, con música de un *long play* ya muy dañado por las púas. Gomecito, el camarero de El Farol Rojo, que se decía entendido en la materia por haber trabajado en un prostíbulo uruguayo donde actuaban bailarinas profesionales, habría adiestrado al cuarteto. El número suscitó elogios que determinaron repeticiones y su incorporación a la oferta rutinaria de atracciones del establecimiento.

La cinta del kamasutra, formato Super-8, aporte del alemán Otto Reiser con proyector incluido, también despertó gran entusiasmo. Más adelante el alemán la proyectó en aquel mismo lugar en numerosas sesiones privadas, a pedido de las putas que querían aprender aquellas acrobacias.

Por lógica, el evento continuó promocionándose prudentemente, boca a boca y con algunos afiches que se pegaban en los burdeles de la zona, pero sin duda creció y mejoró, y mucho. Aumentó su duración (cuando terminó abarcaba una semana entera), la programación llegó a grados de calidad sorprendentes, su fama cundió. Se formaron comisiones y subcomisiones para distribuir tareas; el saloncito fue acondicionado, refaccionado, ampliado; se adquirió el mobiliario necesario; se construyó un escenario y una sala complementaria para posibilitar las actividades paralelas. La planificación empezaba con una anticipación de varios meses, se efectuaban constantes reuniones para tratar complejos temarios, nada escapaba a la previsión, al análisis previo, al cálculo.

No corresponde volcar tantos datos en este relato, lo alargarían demasiado. Baste una referencia sobre algunos actos dignos de recuerdo, por su éxito o por una particularidad cualquiera.

La conferencia "Las influencias del capitalismo en la conducta sexual" se volvió inolvidable gracias al debate que desató. Las discrepancias ideológicas del procurador Barraza con el orador, otro *habitué*, el llamado Socialista Solitario (un jubilado fanático, verboso, *Solitario* por no haber otro socialista en la localidad), ya habían motivado ruidosos conflictos en El Farol Rojo. Y Barraza abrió aquel debate interrumpiendo la perorata con epítetos harto peyorativos, el Socialista Solitario respondió en términos igualmente violentos y siguió una tempestad. Unos forasteros saltaron apoyando al Socialista, lo cual envalentonó a la veterana Charlotte, cuyos amoríos con el Socialista Solitario nunca se extinguían por completo, quien espetó a Barraza calificativos con que su defendido solía agredirlo (*cerdo imperialista, cipayo* y por el estilo), lo cual enardeció aún más al procurador y etcétera. La discusión envolvió a casi todos los presentes; el minoritario bando izquierdista inició su retirada recién al alba.

Dos actos merecen mención por evidenciar el nivel cultural que alcanzaron las Jornadas. La conferencia que pronunció un intelectual santafesino bajo el título "La prostitución según Georges Bataille" (tercera edición) y el recital que en la cuarta edición brindó una declamadora de un prostíbulo entrerriano bajo el título "Leda y el cisne en la poesía", con poemas de Ronsard, Yeats, Rubén Darío, Doolittle, Rilke, Paul Eluard y otros y un exordio del poeta Miranda.

El folclore tuvo su lugar. Aquí hay que destacar el duelo de unos payadores que versificaron en torno al amor carnal. Un mocetón moreno y patilludo y un viejo ciego con gafas negras, vistiendo pilchas gauchas. Los enviaba un prostíbulo del sur. Se ganaron ovaciones por su ingenio, su picardía y su florido léxico. La payada duró dos horas y pico. No hubo un triunfador, al menos no uno bien definido, puesto que la polémica al respecto nunca quedó resuelta. Hubo que postergar para la noche siguiente la conferencia de un historiador sobre Teodora de Bizancio, programada para cerrar la velada.

El teatro no abundó pero contribuyó con obras de excelencia. Debemos mencionar dos: "La Celestina", versión abreviada que ofrecieron meretrices de un lupanar capitalino (cuarta edición), y "Lisístrata" de Aristófanes, por unas chicas del establecimiento que el año anterior habían mandado a los payadores. Ambas representaciones causaron una enorme admiración, tanta que, por unas gestiones misteriosas, fueron llevadas dos o tres días después al escenario de la cooperativa agraria, y allí fueron repetidas dos veces cada una, aunque, claro, sin la mínima alusión a su procedencia.

Pero nada concentró más interés que un taller teórico-práctico sobre sexo tántrico y la entrevista realizada ante el público por el Chiche Miqueri a una octogenaria japonesa, madama de un burdel del Paraguay, quien durante su juventud habría fungido como geisha en su patria natal, y que en el programa figuró como "Evocaciones de una geisha". Algunos cuestionaron la veracidad que contenían aquellas respuestas, algunos pusieron en duda hasta la condición de geisha, pero el diálogo, pronto extendido al público, dio que hablar por mucho tiempo. El taller de sexo tántrico atrajo a putas de toda la comarca.

Habrá notado el lector la relación existente entre aquellos actos culturales y el sexo. Casi en ningún tema faltaba el parentesco. Cabe presumir, desde luego, que con ello se pretendía facilitar el fomento de la cultura entre aquel público singular. La relación no perjudicó la naturaleza de las Jornadas mientras conservó su justo equilibrio. Pero el sexo inclinó la balanza, y así las Jornadas acabaron por desvirtuarse. Con el pretexto de lograr un programa más placentero, se intercalaron actos de índole puramente sexual. Estriptis, películas pornográficas, competencias obscenas, procacidades sin freno. Y cierto día alguien planteó que denominar *culturales* aquellas jornadas era una hipocresía, y se barajaron nombres, quizá con controversias, quizá se eligió por votación, y finalmente aquello se llamó El Festival del Sexo.

Cuando el Festival del Sexo alcanzó su auge, a la tercera edición, un concejal anunció que presentaría al Concejo Deliberante una moción para declarar a Buenavista la Capital del Sexo, en consideración a tanto éxito. Aunque el anuncio no se cumplió, y ni siquiera se le dio crédito, pues el concejal lo hizo por mera exaltación alcohólica durante una velada festivalera, desde entonces la gente empezó a llamar al pueblo con ese añadido.

## La telefonista y mi obra

A menudo la nostalgia se apodera de nuestras conversaciones y añoramos juntos lo que fue este pueblo, cuando aún no nos había devorado tanta decadencia. Evocamos lugares hoy reducidos a ruinas, acontecimientos memorables, fiestas, esplendores. Caemos en pesarosos silencios.

—El Club Social —dice uno, por ejemplo.

Y por un momento el Club Social recobra en nosotros su apogeo, sus luces, su pompa, sus bailes.

O: la noche que Caralisa volvió con el título provincial de peso wélter.

Y vemos el tren nocturno que avanza despacio entre la multitud, el traslado de nuestro boxeador en andas y entre antorchas hasta la plaza, los festejos que cesaron recién al alba.

O la banda de música municipal. O el cine. O la tienda La Favorita.

Hasta que doña Lili suspira y pregunta:

—Bueno. ¿Y qué quiere saber hoy?

Yo abro mi libreta, porque llevo en la libreta una lista de los asuntos que más me interesan (la someto a constantes revisiones, cambio el orden a medida que asigno o quito prioridades, tacho, añado), y, mientras consulto mi lista y decido por dónde comenzar, doña Lili se levanta, va hasta el aparador y regresa con alfajores que ella misma prepara o biscochos o galletitas. Deposita el plato en la mesa, anuncia que traerá el té y se encamina a la cocina. Retorna en unos minutos; las tazas y los platillos tintinean, el humo que sube de la tetera le envuelve el rostro pálido. Por lo general tomamos té; muy a veces, mate o chocolate.

—De Ceilán. Regalo de mi hija mayor —comenta.

Mentira. Le gusta alardear con sus pequeños agasajos. Un té común y corriente.

Cuando comprendí que gracias a ella podía acrecentar mi producción literaria yo ya había editado tres libros. Aquí corresponde aclarar que soy un escritor que utiliza la realidad para inspirarse. Mi creatividad funciona como esos autos antiguos que casi nunca arrancan sin un empujón; normalmente mi inventiva requiere que el entorno le dé movimiento. Y al decir *entorno* me refiero a este pueblo donde nací y pienso dejar mis huesos, a la maraña de historias generadas por sus habitantes en cumplimiento de sus mediocres destinos. Resultará increíble, pero de aquí, de esta chatura, he sacado las realidades humanas complejísimas, de una riqueza psicológica capaz de asombrar a las mentes más analíticas, que nutrieron mis mejores textos. Sin embargo, con el tiempo surgió un problema: el pueblo se achicó y se achicó y yo me quedé sin su energía literaria o, para no exagerar, con una energía insuficiente para proveerme de nuevas historias. Y ya me hallaba viejo para buscar otro pago.

Pero debo mostrar a doña Lili. Cuando me percaté de la importancia de contar con su colaboración ella ya se había jubilado. Vivía donde vive, sola, a una cuadra de mi casa, no recuerdo que haya vivido en otro lugar. Donde nacieron sus dos hijas, murió su marido —un empleado público muy apreciado por su bonhomía— y ella se quedó cuando sus hijas casaron, con un bancario y un militar, y se marcharon de Buenavista. Las hijas la visitan con frecuencia. Se conserva bien, cada mañana barre su vereda y hace sus compras. La asiste una doméstica por horas. Es una mujer ágil, delgada, rubia, sociable aunque parca en palabras. Ni en apariencia ni en temperamento cambió demasiado desde que se jubiló.

Si cierro los ojos veo una doña Lili apenas distinta, que viste un guardapolvo gris y a las 8 menos diez o menos cuarto am sale de su casa para dirigirse a su trabajo. Camina rápido, sus tacones resuenan en la vereda. De uno de sus hombros cuelga un amplio bolso donde van, entre chucherías diversas, el almuerzo en un recipiente de plástico, los elementos para retocar el sobrio maquillaje —lo que repite tres o cuatro veces durante el horario laboral— y el crochet que reanudará a la siesta, cuando casi nadie llama. Hasta oigo su voz cantarina preguntándome números.

Por cuatro décadas la señora Lili fungió en este pueblo como operadora de la empresa telefónica estatal. No había telefonía automática. Durante aquellas cuatro décadas su trabajo fue manipular el dispositivo que, indudablemente muy mal, describo a continuación. Una pequeña mesa con una manivela, un foco rojo, dos o tres palanquitas y decenas de orificios numerados que albergaban sendos cables revestidos de tela, en cuyos extremos había una clavija de bronce; un panel vertical con agujeros también numerados y cubiertos con tapitas de lata; un auricular y un micrófono sujetos a una armazón de alambre curva, para colocarse en la cabeza. El usuario hacía girar la manivela de su teléfono y la señora Lili veía encenderse la luz roja y destaparse un número en el panel. Y ponía en pleno funcionamiento el dispositivo. Sucedía entonces una frenética actividad, para la cual aquella tecnología y doña Lili parecían perfectamente sincronizadas. La mano derecha subía con una clavija hasta el número que se había destapado y la encajaba allí. La mano izquierda movía una palanquita y doña Lili interrogaba: *¿Númerooo...?* Tras la respuesta, la misma mano extraía otra clavija de la mesa y la enchufaba en el orificio del número indicado, la mano izquierda accionaba la manivela, doña Lili aguardaba unos instantes y cuando oía el *hola* movía otra palanquita y dejaba establecida la comunicación entre los usuarios. Solía haber variantes. Si el *hola* se demoraba ella giraba de nuevo su manivela. Un silencio demasiado largo la obligaba a dar por concluido el intento (declaraba, no menos musical que al formular la pregunta previa: *¡No contestaaan...!*), aunque en tales casos era frecuente que la conexión se prolongara con un somero diálogo:

—Seguro que no volvieron.

—¿Viajaron?

—Anteanoche. Se les murió la tía de Santa Fe. Un cáncer, parece.

Y estas charlas quizá duraban unos cuantos minutos si el tráfico telefónico lo permitía.

La miro servir el té con manos ligeramente trémulas y me planteo si sufrirá alguna enfermedad seria. Sus dedos no temblaban en absoluto al enchufar las clavijas.

—¿Azúcar o edulcorante?

Ella no ignora que prefiero edulcorante, se lo digo. Y agrego, por ejemplo:

—El suicidio de Ricardo Bermúdez.

—¡Ah, pobre muchacho! —exclama sin sacar la vista del chorro dorado y humeante— ¡Unas deudas inmensas!

Porque, a lo que ya describí de aquel *modus operandi*, hay que sumar este detalle: la señora Lili se retiraba de la conexión si quería. Le bastaba con omitir una acción mínima, cambiar la inclinación de una llave, girar una perilla o algo así, para escuchar la conversación ajena. Recuerdo la respiración apenas audible que se le escapaba tal vez por el afán de enterarse. Recuerdo el terror que mi madre traslucía si en una charla telefónica su interlocutora se olvidaba de doña Lili y soltaba un chisme peligroso. Recuerdo que mi abuelo decía que por doña Lili jamás hablaba de negocios por teléfono.

Como se entenderá, la información que ella acumuló durante cuarenta años contiene lo que necesito para incrementar mi literatura. Su memoria guarda materia prima harto suficiente para convertirme en un escritor prolífico. Basta con mencionarle aquellos asuntos que otrora merecieron mi atención por sus indicios de utilidad literaria, y cuya exploración postergué por dedicarme a historias más enjundiosas. Enseguida la señora Lili me proporciona los datos que me hacen falta para determinar las verdaderas posibilidades que ofrece el asunto y, en su caso, me ayuda a profundizar en él.

— ¿Y en qué gastaba la plata Bermúdez?

—Aunque usted no lo crea...

—Los cuernos del doctor fulano, doña Lili.

—Él consentía. Pero bien que se vengaba. Le cuento...

—Aquellas coimas de los concejales, ¿se acuerda?

—Claro que me acuerdo.

— ¿Y quién destapó la olla?

—Vea. Por lo que yo escuché...

—El romance del cura y la catequista, doña Lili.

—La pelea de los Igarzábal por la herencia, doña Lili...

Me costó convencerla. Aún después de la jubilación su ética

no admitía transgresiones respecto a lo que ella denomina *temas delicados*. Pero la convencí, con abundantes zalamerías y regalos y tras jurarle hasta el fastidio que no revelaría los nombres, al fin la convencí. Y cada semana nos juntamos en su casa y departimos por un buen rato.

En cuanto llego a mi casa me pongo a escribir. Gracias a doña Lili, mi obra se ensancha con una celeridad notable. Ya debo ir definiendo las fórmulas con que incluiré su nombre entre los agradecimientos de mis futuros libros. En eso estoy. Anoté algunas que consideré apropiadas: *A la señora Lili, proveedora sin par. A la señora Lili, guardiana de tesoros inconmensurables. A doña Lili, faro en las tinieblas del olvido...*

Mientras tanto, escribo y escribo. Escribo día y noche como un poseído.

## La leyenda de la Princesita Santa

El culto popular de la Princesita Santa se circunscribía a las mujeres que anhelaban atrapar a un hombre. Había una plegaria, había estampitas, imágenes ante las cuales se encendían velas y se formulaban promesas; un culto que, por su motivación, nadie, obviamente, practicaba en público. Empezó a extinguirse por obra del feminismo. Tal vez todavía se invoque a dicha santa en casos aislados, pero no será lo suficiente para frenar la declinación.

El culto nació marcado por una fecha cierta: el día que el Príncipe de Gales visitó Buenavista. Para hablar con propiedad: cuando ese príncipe *pasó* por Buenavista para visitar la estancia de la Liebig's Extract of Meat Company. Ciento cuarenta mil hectáreas, ochenta mil reses vacunas. Su Alteza Real inspeccionaba los latifundios de capitales ingleses que alimentaban su imperio. Un viaje en un suntuoso tren que arribó con retraso, y que desde la estación ferroviaria continuó por caminos polvorientos en una caravana de automóviles entonces ultramodernos (considérese que el Ford A aún no había aparecido), destellando bajo el sol pleno, asustando al ganado, levantando nubes de alas en lagunas y tajamares, y que culminó frente una tranquera donde gauchos impecablemente empilchados, sobre caballos perfectos, recibieron al huésped entre alaridos y revoleando taleros y ponchillos.

También podríamos afirmar que todo comenzó cuando, en un baile del Club Social, y entre las muchachas más agraciadas de la alta sociedad, fue elegida la que entregaría un ramo de flores al príncipe y lo acompañaría a la par de las autoridades locales. Quien iba a convertirse en la Princesita Santa y cuyo nombre devoró el olvido, por piedad y por respeto a su linaje. Los testimonios sobrevivientes permiten imaginarla rubia, escultural, con unos ojazos claros que hechizaban y una larga cabellera en tirabuzones. El aspecto que el jurado habría estimado acorde con el gusto principesco, según las fotografías de las amantes que los periódicos y revistas atribuían a Su Alteza Real, herederas millonarias, actrices, condesas. Entre las escasas imágenes que se conservan hay unas de yeso esmaltado que la muestran morena, pero sin duda esta variante responde al capricho de algún artesano; a la Princesita Santa la escogieron para representar a las señoritas criollas en todos sus atributos excepto en cuanto al color de la piel, para facilitar el agrado del príncipe.

La preparación resultó trabajosa. El tiempo con que se contaba exigía celeridad. Un experto en modales colaboró con lecciones a domicilio. Cómo saludar, cómo caminar, y sentarse, y gesticular, y dónde colocar las manos. Alguien enseñó a la chica algunos rudimentos del idioma inglés, para que ella al menos no papara moscas al oír las frases elementales que pronunciaría el príncipe. Se la instruyó respecto a asuntos que quizá interesarían al príncipe, sobre los que debía hallarse informada para realizar algún comentario que el traductor quizá transmitiría: flora, fauna, costumbres, los platos y bebidas del banquete. Y la llevaron a reconocer el terreno, la estación ferroviaria y la estancia, donde hubo ensayos. Y mientras tanto, la indumentaria, el peinado y el maquillaje suscitaban intensas discusiones entre la madre y sus allegadas, en abstracto o en pruebas a las que la Princesita Santa se sometía sin protestar, y las costureras contratadas corregían y corregían sus hechuras. ¿Y si al príncipe se le ocurría sacarla a bailar, pues música no faltaría en el banquete? ¡A practicar los posibles bailes! ¿Y si la invitaba a cabalgar por los prados de la estancia, pues le apasionaban los caballos? ¡Aprender a montar, aprender a montar...!

A nadie le costará figurarse cómo vivió aquellos prolegómenos la joven, con cuánta emoción, con cuáles ilusiones. Un príncipe significa lo mismo para una muchacha en cualquier parte del mundo, máxime uno soltero, apuesto y destinado a encasquetarse la corona británica en pocos años. Y aquí hay que consignar que por entonces la fama de vicioso no entenebrecía aquella figura principesca. Ni por insinuación se le achacaban la lujuria, la bisexualidad y las fiestas negras que después engordarían sus biografías. Así que la familia y las amistades de la niña habrán participado en los preparativos con el entusiasmo que ameritaba aquella consagración. Si ella ya prometía conseguirse un marido codiciado, el haberse lucido con un príncipe heredero mejoraría tales expectativas hasta lo incalculable.

Se entiende sobradamente, pues, el consentimiento prestado para que el *Security Service* británico la interrogase. La leyenda dice que la seguridad del príncipe se reducía a un mero pretexto para el interrogatorio, cuyo objetivo era conocer las condiciones de la chica en lo relativo al sexo: su experiencia erótica, su propensión a las perversiones, su resistencia moral. En todo caso, parece verosímil esta escena: una virgen provinciana contesta las preguntas capciosas que gélidos caballeros de traje, que uno creería afiliados a un club de mayordomos, le formulan en incorrecto castellano. La entrevista se prolonga más allá de lo previsto. Los agentes desean irse con certezas, insisten, repiten las preguntas enmascarándolas. Ojos ansiosos espían por una cerradura. No hay señales de que los espectadores furtivos comprendan nada inquietante que esconda la inquisición. No escuchan bien las voces, su candidez y sus anhelos cooperan.

El destino parece haber querido salvar a la Princesita Santa. El tren que se esperaba para las 10,15 am se detuvo en Buenavista pasado el mediodía, una tardanza que comprometía el cumplimiento cabal del programa. El libro de la crónica del *tour* que un anticuario ofrece por internet (veintiocho hojas, dieciocho de cartón marrón, con fotografías y cubiertas por papel semitransparente, los textos redactados en inglés) contiene una reproducción del programa oficial, donde se lee que el príncipe protagonizaría la siguiente actividad en la estancia de la Liebig's: *Lunch; Inspection of cattle; "Rodeo" by "Gauchos"*, y que su tren partiría de regreso a las 7,00 pm. No se podía, por lo tanto, malgastar el tiempo en cortesías superfluas. El saludo de la Princesita Santa quedó suspendido.

Pero algunos no estaban dispuestos a tolerar tamaña frustración de la muchacha. Probablemente su padre lanzó las primeras protestas. Probablemente, un severo paterfamilias, quizá un latifundista, o un caudillo político de peso, su poder se deja vislumbrar por los acontecimientos. Véase: un señor rechaza con indignación, y pronto con ira, una ira que aumenta, las explicaciones con que otros señores pretenden tranquilizarlo. Sus ademanes desarreglan el entorno, el protocolo que se cumple con mal disimulada prisa, entre reverencias dirigidas al joven rubio que avanza flemático, sonriente, y que acapara las miradas y levanta oleadas de efusividades. Todo ayuda a que el incidente pase inadvertido. La muchedumbre se vuelca en el sentido opuesto, cientos de pañuelos se agitan en el aire, estallan cohetes que salpican el cielo, los fogonazos de los fotógrafos... y sin embargo, el nerviosismo cunde alrededor del disconforme. Un movimiento circular lo aleja hasta un extremo del cuadro y pese a ello el enfado crece en elocuencia.

Un escritor que se deje arrastrar por cuanto desde aquí ofrece la historia llenará numerosas páginas. Está lo sucedido en el automóvil que, a la zaga de la caravana (bastante atrás porque un coche repleto de custodios impedía acortar la distancia), trasladó hasta la estancia a la inconsolable joven, a su progenitor y a otros acompañantes no menos excitados, entre ellos el fotógrafo que registraría el encuentro con el príncipe. Están las discusiones que aquel asunto provocó en la tranquera, en el interior de la estancia, durante las tentativas de invasión al banquete, y luego, mientras a lo lejos el príncipe cabalgaba sobre un tordillo entre las novilladas Hereford, y mientras Su Alteza aplaudía a los domadores y enlazadores, y aún durante los aprestos para el regreso a Buenavista. Está el retorno de la caravana al atardecer, con aquel último vehículo pletórico de impaciencia y furia. Están el arribo a la estación y las despedidas, los forcejeos finales del padre y sus aliados contra la muchedumbre mientras el príncipe ascendía al tren, los aplausos y vivas...

Por supuesto, como en cualquier relato fundado en una leyenda, el escritor tendrá que inventar pormenores. Si la chica fue invitada a subir al tren o si se coló temerariamente. Si subió con su fotógrafo, si con alguna persona cuya presencia resguardaría su honra, una tía o una vieja criada, por ejemplo.

Si viajaría hasta Buenos Aires o sólo hasta una estación cercana, lo justo para entregar las flores y obtener la foto. La leyenda no aporta informaciones sobre nada de esto. El mutismo que envolvió la operación habrá abarcado hasta los datos nimios, y una vieja tía o criada y un fotógrafo pueden desaparecer en semejante misterio sin que nadie se ocupe debidamente de la cuestión.

Pero la Princesita Santa no desapareció. Numerosas personas afirmaban haberla visto en el pueblo varios meses después, ya loca. Se comentaba que ella nunca logró narrar lo que le ocurrió durante aquel viaje nocturno en aquel lujoso tren y con aquel príncipe libertino. Y que se murió internada en un remoto manicomio, muy anciana, quizá cuando ya la llamaban Princesita Santa y muchas mujeres le pedían ayuda para atrapar a un hombre.

## La forastera del Agrio Fonseca

—Para bailar estas noches —me dijo el Agrio Fonseca— adelgacé doce kilos, sí señor.

Y en ese momento unos gurises nos rociaron con nieve artificial. Él volvió a sonreír de aquella manera que todavía nos asombraba. Contento; al parecer, feliz, rejuvenecido. Alguien muy distinto al tipo que había merecido sobradamente aquel apodo: agrio en el sentido más abarcador, agrio no sólo por su carácter y su aspecto sino también por su vida toda. Mientras reía y se quitaba la blancura espumosa de los mofletes, meneaba con resignación su ingente cabeza. Iba a añadir algo sobre su dieta pero se acercaba ya la segunda comparsa de la noche, *Los Tremendos For Ever*, y la música nos envolvió y lo interrumpió.

Se puso a acompañar la batucada. Sus dedos aplicaban golpecitos precisos en la mesa, su gigantez desinflada se bamboleaba insinuando una danza, su sonrisa creció. Vimos desfilar al portaestandarte (el maletero de la estación de colectivos), a la bastonera (una mucamita con un soberbio trasero emplumado), a las *pasistas*, a los percusionistas que aporreaban sus tambores, panderetas y demás instrumentos como si anunciaran el apocalipsis. Detrás, unas parejas bailaban con una especie de furia. En el palco oficial el animador se desgañitaba al micrófono: *¡Los Treeeeeeeeemendos For Ever, señoras y señores! ¡Un ejemplo de alegría y confraternidaddddd...!* Bien atrás venían unas muchachas forasteras contratadas por la Comisión Municipal de Corsos —bailarinas profesionales según unos, vulgares prostitutas según otros— para bailar con las cuatro comparsas. Se produjo una ovación. Nuestra botella osciló,

Fonseca se irguió sin aviso, alzó los brazos y se agregó al desfile. Sus anchas caderas se mecían con menos desenvoltura que las de un simio, lo cual, con la colaboración de los pies planos y la gran estatura, imprimía a su equilibrio una precariedad amenazante. Empinaba el mentón y reía y agitaba los brazos como si incitara a las estrellas. Luego se encorvaba, agachaba la cabeza y así, y con los brazos plegados, daba unas vueltitas en torno a alguna bailarina. Luego pegaba unos brincos y profería carcajadas y gritos y enseguida, ya rojo por el esfuerzo, la cara ya brillante de sudor, alentaba a los espectadores para que participaran de su entusiasmo, moviendo hacia arriba y abajo las manos tendidas hacia los costados, sin suspender su danza de pasitos cortos. La camisa amarilla sobresalía por debajo del chaleco escarlata con arabescos de lentejuelas multicolores, que le ceñía la barriga; los fondillos del pantalón (blanco) colgaban a lo Cantinflas.

Mientras contemplaba el sombrero de paja ornado con dos plumas que él había dejado junto a la botella, me formulé interrogantes de respuesta imposible. ¿Había muerto definitivamente el anterior Fonseca? ¿Cabía siquiera plantearse tal hipótesis? ¿Un hombre puede experimentar un cambio tan absoluto para siempre?

Su historia. Un abuelo suyo, al promediar el siglo 20, había fundado La Principal, almacén de ramos generales mayorista y minorista. El negocio llegó a abastecer a casi toda la comarca, con camiones propios y una legión de empleados que incluso tuvo su equipo de fútbol ganador de campeonatos. Alcanzó su apogeo mientras lo gerenciaba el padre del Agrio. Desde que el padre murió y el Agrio asumió la gerencia, treintañero aún, La

Principal declinó sin intermisiones. Un naufragio lento, silente, se diría que pudoroso, para el que nunca hubo más explicación que la ineptitud del Agrio para conducir aquel barco, aunque en verdad reflejaba la decadencia de todo el pueblo, el cual ya empezaba a tornarse, también morosa pero irreversiblemente, en el pueblo moribundo que es hoy. Una sección más que cerraba. Un empleado despedido que instalaba un boliche gracias a su indemnización en especie. La desidia que iba impregnando aquellos salones con olor a viejo y a rancio. Los expendedores que aguardaban como estatuas, absortos en la vaciedad progresiva. Señales que los lugareños aprendimos a leer sin comentar, como se leen las fatalidades consuetudinarias. Cuando los dos hermanos del Agrio —que se habían hecho doctores desentendidos de la administración, conforme a las normas de la primogenitura— regresaron al pueblo para disolver la sociedad, La Principal entró en su etapa final. Desde entonces su agonía se ralentizó por la mera tozudez del Agrio, ya quincuagenario, y de un empleado que prefería esperar la jubilación a una indemnización demasiado incompleta. Entiéndase: un minúsculo fragmento de La Principal; sólo dos puertas abiertas y adentro un pequeño mostrador y un par de estanterías mal pobladas, espacio que cabría unas cincuenta veces en el resto de aquel vetusto edificio sumido en la penumbra del abandono y que ocupaba media manzana. Bastaba con imaginar al Agrio deambulando por aquellas vastedades, espiado por los fantasmas y las ratas, inventariando las dentelladas de la ruina (las goteras nuevas, la humedad que desconchaba otra pared, una ventana que comenzaba a pudrirse, el piso hundido aquí o allá) para comprender su acritud. Y si al fracaso empresarial se le sumaba su matrimonio uno ya se preguntaba cómo el hombre había eludido el suicidio. Su mujer, una porteña fruncida que tras una convivencia de una década y media no le había dado hijos, se había fugado con un ferroviario. El Agrio jamás mostró interés en recuperarla o sustituirla; su relación con las mujeres quedó limitada a las putas, las solía traer en su desvencijada camioneta desde algún prostíbulo de la región y se encerraba con ellas por dos o tres días en su casona contigua a La Principal. Pero su acritud también lo privaba de amistades, del trato con los parientes, de la vida social. Casi las únicas reuniones a las que asistía eran las misas. No faltaba a la misa de los domingos. Acostumbraba sentarse junto al baptisterio, comulgaba entre los últimos y se marchaba en cuanto el oficio concluía, sin demorarse en el atrio para el parloteo habitual de los feligreses. Y quizá no había persona más allegada a él que yo mismo, que no era su amigo pero le prestaba libros. Me los pedía cuando nos encontrábamos por ahí, mandaba a buscarlos, me los devolvía sin formular opiniones, prefería las novelas policiales. En resumen: una soledad que arrancaría aullidos a un anacoreta y que sin embargo él padecía a pie firme.

Eso, claro, contribuyó a que la gente dejara traslucir un sentimiento más oscuro y denso que la pura envidia al enterarse de que el Agrio había ganado una lotería. Una envidia con su rabia potenciada, una sublevación que invadió y ensució los espíritus con la fuerza de un viento malévolo. ¿Habría peor injusticia? ¿Qué provecho le sacaría a aquel premio un hombre destruido, inútil y solo, con sesenta y tantos años? ¿Y con qué méritos? ¡Fundió su herencia, asumió unos cuernos monstruosos sin chistar, no tiene un amigo! La reacción perduraba cuando cundió la noticia de que Fonseca andaba ofreciéndose para integrar alguna comparsa en el carnaval.

Primeramente casi nadie se creyó esta noticia. La tomaban como un chiste, una ocurrencia ingeniosa. Pero el presidente de una comparsa la confirmó en una entrevista radial y el estupor remplazó a la incredulidad y se tiñó de indignación. Lo inconcebible cobró probabilidad y luego certidumbre, se elevó por sobre los demás asuntos que merecían el interés común y cayó sobre el pueblo cual una lluvia ígnea, de incógnitas y conjeturas. ¡El miserable quería burlarse del pueblo! ¿Qué comparsa lo aceptaría? ¿Quién estaría dispuesto a vender su comparsa para semejante infamia? Pero el Agrio ofrecía dinero, y buen dinero... Los runrunes se entrecruzaban: la reina de tal comparsa anticipó que renunciaría si lo aceptaban, unos directivos de tal otra se agarraron a las piñas por el asunto...

Obviamente, ninguna comparsa admitió a Fonseca. Y cuando esto ya no generaba dudas supimos que el Agrio había donado plata a todas las comparsas por igual y, para la organización de la fiesta y los premios, a la Comisión Municipal de Corsos. Y también habría prometido dinero para las murgas menores. La conmoción social rebrotó multiplicada ni bien la Comisión Municipal de Corsos, a través de un comunicado oficial, validó el rumor, garantizó que las donaciones se habían efectuado en regla e informó que se habían instituido premios incluso para los mamarrachos, y dio a conocer las cifras. Sumas exorbitantes, dinero para unos diez carnavales locales. El propio Intendente Municipal acalló a los protestones y suspicaces. Interpelado sobre el particular por el Concejo Deliberante, enfatizó que ninguna norma legal prohibía la aceptación, que correspondía agradecer al señor Fonseca por su generosidad en aras de la cultura popular y el esparcimiento de su pueblo y que ojalá nadie rehusara colaborar para que, ahora que resultaba posible, celebráramos un carnaval digno de nosotros ¿Pero aclaró el señor Fonseca con qué propósito donaba aquella fortuna?, inquirió un concejal de la oposición. ¡Y eso a quién le importa!, gritó un concejal oficialista.

A mí me importó. Tamañas donaciones implicaban un motivo poderoso y decidí averiguar ese motivo, ningún escritor se resistiría a hacerlo. Así que allí estábamos, con nuestra tercera botella de cerveza vacía y metidos en aquella conversación confidencial y fragmentaria.

El Agrio regresó empapado por la transpiración, muy colorado y jadeante. Exultaba, aunque apenas conseguía respirar. Echó un vistazo a su vaso, removió la botella, propuso que pidiéramos más cerveza. Le alargué mi vaso, chisté y le enseñé el envase al mozo. El Agrio bebió con avidez, se reclinó contra el respaldo y fijó los ojos en el cielo. Esperé a que el mozo nos trajera el encargo, llené ambos vasos, aún servía en el mío cuando el Agrio ya había vaciado el suyo.

—Contrólese, Fonseca —le aconsejé—. Así su sueño no acabará bien.

Sonrió, aún contempló el cielo por unos segundos, se enderezó de golpe y contestó:

—No me falta aguante — su voz gruesa y algo ceceante oprimida por el jadeo.

Pasaron unos mamarrachos. Cuatro o cinco, enmascarados, uno con pollera y enormes tetas, otro con una capa de Superman y turbante. Los cuatro vivaron al Agrio en hilera. Saltaban y sacudían enérgicamente los brazos, los puños cerrados, como si homenajearan a un futbolista que hubiese hecho un gol extraordinario.

*¡A-grióoooo...!/¡A-grióoooo...!*

El Agrio los saludaba y rebosaba de contentura. En ambas veredas la muchedumbre acompañaba el cantito con palmas. Superman se aproximó unos pasos y dirigió al Agrio reverencias desmedidas. El disfrazado de mujer tetona vino hasta nosotros, atrajo al Agrio por el cuello, le susurró al oído y le besó los cachetes. Una gratitud que se notaba por doquier. Aplausos, vítores, palmadas en la espalda. Cantitos:

*¡El Agrio Intendente/ El Agrio Intendente...!*

*¡Agrio/ querido/ sos sensacional!/ ¡Ya entraste en la historia/ con este carnaval!*

Y mañana por la noche, durante el acto de premiación y clausura, por los altavoces, seguramente el Intendente prodigaría al Agrio grandilocuentes alabanzas y la reina ganadora le dedicaría su triunfo. Yo me pregunté si el fervor subsistiría en caso de que se divulgara lo que el Agrio me había confesado ante aquella mesa, pero ¿qué me obligaba a traicionar su confianza? Y parecía difícil que él se franqueara al respecto con otro.

—Siempre soñé con tener éxito con las mujeres —me había confesado entre nuestra segunda botella y la tercera.

Sonreí como si hubiera escuchado una banalidad.

—Usted pensará que hablo al pedo —me dijo—. No hablo al pedo, no señor. Doné mi plata por eso.

—¿En serio? —le pregunté, suponiendo que bromeaba.

—Sí, muy en serio.

— ¿Usted pretende que las minas se le tiren encima porque les pagó la farra?

—No aspiro a tanto. Y no me subestime. Hoy no amanecí solo, si quiere saber.

— ¡La pucha, Fonseca! ¡Lo felicito!

—Se lo agradezco. Aunque no le voy a dar nombres. Soy un caballero.

— ¿Nombres? —le pregunté subrayando la *s*.

—Dos. Pero las dos por separado.

— ¡Epa! ¡Le sobra la pólvora!

—No me sobrestime. Sé administrarme.

Dejó vagar su atención por el gentío y se cercioró de la mía con ojeadas laterales. Agarró su vaso, bebió con un apremio que le blanqueó el bigote. Yo aún no acertaba a determinar si me había hablado en broma.

—De todos modos, convendrá conmigo en que con esas donaciones se le fue la mano —le dije.

Me observó con gesto de sorpresa y desdén.

—Usted no se imagina lo que es sentirse un agrio para las mujeres por tanto tiempo.

Sentí compasión. Mis ganas de reír se habían extinguido. Nuestro silencio se prolongó hasta que él quitó la vista de unas jovencitas que volvían de desfilar con sus zapatos de tacones en las manos. Aseveró:

—Fue duro, mi amigo.

—Y cómo no.

— *¡Muy, muy* duro!

Intenté ahuyentar la desazón que flotaba entre nosotros.

—Bueno —le dije—, felizmente las cosas cambiaron, ¿no?

Entonces comenzaron sonar unos tambores cercanos y el anunciador vociferó que iniciaba su desplazamiento la penúltima comparsa de la noche, la del Club Social, la de los pitucos del pueblo. Si en carnavales anteriores había descollado, ahora, merced al dinero de Fonseca, había alcanzado un nivel que muchos juzgaban insuperable. Ascendieron y explotaron profusos fuegos artificiales.

Y diez minutos después, una vorágine de brillos, plumas, nalgas desnudas y sonrisas encantadoras arrastraba al Agrio Fonseca.

El teléfono me sacó de un sueño tumultuoso. En mis neuronas (había tomado bastante whisky después de la cerveza) el dolor estalló igual que un boxeador que lanzara trompadas a ciegas. Maldije mi borrachera, maldije al mundo, a Dios, al imbécil que me telefoneaba temprano. El sol que se filtraba por los postigos me notificó que no era temprano. Miré el reloj despertador: las once y pico. Pero las once de un día de carnaval. Pensé descolgar el tubo, pensé dirigir al intruso una soberana puteada. La voz espesa y ceceante me saludó al oído:

—¡Buenos días, escritor!

Una nota de regocijo la hacía más odiosa. Contuve la ira.

—Fonseca... Estaba durmiendo...

— ¡Ah, perdone! —e introdujo una pausa durante la cual escuché una risita mal reprimida, de alguien que captaba mis palabras junto al tubo—. Sólo quería comunicarle que las cosas siguen cambiando.

— ¿Las cosas?

—El tema sobre el que hablábamos anoche... —y la risita

femenina certificó su aclaración.

—Ah... qué bien...Lo felicito de nuevo... Y ahora permítame dormir un poco más.

—Desde luego, desde luego... Y gracias por felicitarme, lo sé sincero. Y yo, en fin... necesitaba contárselo a alguien. ¡Una forasterita, figúrese!

—Comprendo. Pero podemos continuar esta conversación dentro de unas horas, ¿le parece?

— ¡Sí, por favor! Y perdóneme ¿eh? Reconozco...

Corté.

Los puñetazos retumbaban en mi cráneo. Abrí el cajón de la mesa de luz, hurgué a tientas hasta que el blíster de aspirinas apareció entre mis dedos. Traté de tragar dos comprimidos sin agua. Las aspirinas se disolvieron a medias entre mi lengua y mi garganta y su amargor inundó mi desesperación. Me levanté y me abalancé hacia la canilla del baño. Tragué y me abalancé hacia la cama, cual náufrago que se arroja a su isla.

No pasaron dos horas y volvió a llamarme.

Otra vez se deshizo en disculpas por haber interrumpido mi sueño. Hablaba en voz muy baja, resollaba. Al principio me costó entender. Mi consejo le resultaba imprescindible. Y con urgencia. ¡Estaba tan nervioso...! No exageraba, carecía de la experiencia suficiente para resolver aquello, ya me había dicho que su experiencia con las mujeres era casi nula. ¡Qué situación tremenda...! Sus frases se atropellaban, no pronunciaba algunas sílabas.

—Cálmese, Fonseca —le ordené, pese a los adjetivos adecuados que pugnaban por desbordarme—. Y cuénteme. Despacio.

—Me exige que me vaya con ella.

Y una aclaración superflua:

—La chica que durmió conmigo. Acaba de entrar al baño.

—Sí, entiendo — (los adjetivos bullían en mí) —. Suele suceder. A algunas mujeres les gusta actuar así. ¿Y a dónde quiere llevarlo?

—Supongo que a sus pagos, no me dio precisiones. Me dijo que no soportaría que nos separásemos, y que por eso yo debía irme con ella. La tomé a chacota y empezó a ponerse loca.

—Tal vez los celos —dije, y me sentí un perfecto estúpido.

—Sí, claro, imagínese. Acá, con tantas mujeres buscándome...

(¿Por qué le seguía la corriente? ¿Por qué no le encajaba una puteada y colgaba? ¿Por qué tolerar que semejante delirante estropeara mi descanso?)

Le aconsejé que mandara la chica a la mierda. Que no malgastara su tiempo y su energía con una tarada celosa. Que de lo contrario se metería en un lío o en un escándalo. El Agrio truncó mi exhortación: ella regresaba al dormitorio, oía sus pasos... Y colgó.

Escribo este relato la misma tarde del sepelio del Agrio Fonseca. Todavía el pueblo se halla en estado de shock. Ver que un tipo se desploma fulminado por un infarto cardíaco en pleno baile impacta a cualquiera. Se irán muchos años antes de que olvidemos aquel momento; las versiones se multiplicarán hasta lo innumerable, los fantaseos y el morbo adicionarán dramatismo al suceso, truculencia, pormenores macabros (yo lo vi tambalearse, yo vi que se ennegrecía, los ojos llenos de sangre, etcétera), pero lo cierto es que aquellos minutos no se borrarán fácilmente de nuestro recuerdo.

Narraré lo real. Lo que mis sentidos grabaron en mi memoria.

Anoche vi al Agrio Fonseca cuatro veces. No lo había visto durante el día. Tras nuestra segunda comunicación telefónica, yo había recurrido a una dosis doble de Alprazolam y me había despertado al atardecer. Me había bañado, había comido algo. Salí cuando las luces callejeras ya se habían encendido. Me entretuve un rato en el Bar Central; no encontré a ningún parroquiano, charlé con el dueño y el mozo que barría. El pueblo aún se desperezaba para vivir la culminación de su carnaval. Bajo un sol aplastante, las horas se habían escurrido sobre la calma chicha como un mero tránsito entre dos apoteosis. Los comercios habían abierto sus puertas sólo por la tarde, las oficinas públicas habían permanecido cerradas. Algunos movimientos preludiaban la fiesta. Obreros municipales probaban unos reflectores; un vendedor de choripanes soplaba el naciente fuego de su parrilla en una esquina de la plaza. Entre las sillas plegables alineadas a modo de platea en la vereda, unas mujeres acomodaban las suyas. Después recorrí el escenario del desfile, las cinco cuadras de la calle bordeada por variopintas sillas vacías. Me detuve ante un corro de vecinos que discutían sobre los méritos de las comparsas. Alguien mencionó al Agrio Fonseca y pregunté si lo habían visto por ahí. Nadie lo había visto desde la madrugada. Después deambulé por otros barrios. Se notaba una tensión jubilosa, la inquietud de los preparativos. Pasé ante unas carrozas a las que sus constructores aplicaban los retoques finales; me crucé con personas que trasladaban tocados y espaldares con plumas; me crucé con el modisto miembro del jurado (un jurado totalmente foráneo, el modisto y dos viejas actrices, muy bien remunerados con la plata del Agrio); algunos instrumentos de percusión sonaban dispersos. Pasé frente a la casona de Fonseca. Cerrada, sin indicios de haberse espabilado.

Retorné a mi casa. Miré televisión. Salí de nuevo entre las nueve y media y las diez. El centro del pueblo ya estaba repleto de gente. Decidí cenar un choripán.

Comía frente a la parrillita cuando vi que el Agrio venía por la vereda opuesta. Aunque vestía igual que la noche anterior, se me ocurrió que su chaleco brillaba más, como si le hubieran añadido lentejuelas. Caminaba con su cachaza habitual, cabizbajo, el sombrero bajo un brazo. Levantó la cabeza para devolver un saludo y volvió a agacharla. Grité su nombre dos veces; atribuí la falta de respuesta a la música de los altoparlantes.

La segunda fue una visión fugaz. Desfilaba la segunda comparsa y el Agrio iba en ella. Unas jovencitas apenas cubiertas bailaban a su alrededor, electrizadas por los tambores, enfervorizadas. Sin duda querían lucirse más para el Agrio que para el público. Los espectadores apiñados en la acera me impidieron apreciar todo al detalle, pero llegué a ver que dos de las chicas le ofrecían al Agrio una coreografía de una sensualidad intensa. Sin dejar de sonreírle, se meneaban como expertas bailarinas. Se inclinaban doblándose hacia atrás, se alzaban hamacando los hombros, se doblaban hacia delante, giraban, repetían la provocación inequívoca. Él las contemplaba aturullado, con el ceño fruncido y una sonrisa floja. Una tercera muchacha le sacó el sombrero, se lo encasquetó, bailó un trecho con el sombrero y lo devolvió tras acariciarle las mejillas al Agrio. El público festejaba estos episodios a rabiar. Sus risas me suscitaron un interrogante que ya me había asaltado antes.

¿Se burlaban? ¿El Agrio se había convertido en el hazmerreír del pueblo? No, no se percibía burla en aquellas risas. Era un alborozo sin malicia. Me separé del apretujamiento y me adelanté para observar mejor. Cuando logré arrimarme al cordón de la vereda, el Agrio había desaparecido.

Lo busqué y lo busqué. Anduve por el corso de punta a punta, concentrado en mi búsqueda. Pregunté por el Agrio Fonseca a unos cuantos, seguí indicaciones y lógicas y corazonadas inconducentes.

La tercera vez que lo vi amerita una larga descripción que omitiré para no correr el riesgo de contaminar este relato con fantasías. Prometí ajustarme a la realidad y voy a cumplir. Sin embargo, estoy seguro de que las impresiones que tuve entonces no fueron falsas, que se ajustaban a la realidad, a una realidad invisible.

El Agrio Fonseca bailaba en medio de la comparsa *Zumba Zumba*, la menos importante. Aparentemente bailaba solo, en un amplio espacio que por alguna razón se había formado entre dos grupos de bailarines. Pero no bailaba solo. Desplegaba una actitud y una gestualidad que sugerían un baile en pareja. Reía y tendía los brazos hacia el frente, se quitaba el sombrero y saludaba a aquella presencia etérea, volvía a reír y dirigía ademanes hacia ella, como si dialogara a través de su mímica. Incluso, yo juraría que por instantes se dibujaba en su rostro sudoroso y enrojecido una sonrisa dulce. O más bien triste, melancólica.

—Va mamado —dijo alguien detrás de mí.

—Remamado —refrendó una mujer.

Así lo vi bailar hasta perderlo de vista.

Y un minuto después sonó el primer grito de espanto. Y advertí las primeras corridas. Y el desfile se detenía mientras la música se desflecaba y la noche se hacía un abismo.

# La guerra de los santos

Leoncio Uzandizaga hizo su carrera política gracias a San Onofre. Literalmente. Hasta aquellos días, Uzandizaga había sido un concejal mediocre, taciturno, que solía dormitar mientras sus colegas discutían y se limitaba a votar en consonancia con los demás concejales del Partido Autonomista. Su vocación no estaba en la política, indudablemente, sino en las contabilidades. Se había jubilado como contable al servicio de los principales comerciantes y ganaderos lugareños; debía su banca a un acomodo del caudillo de su partido, compadre suyo.

José Funes, más conocido como el Pepe Funes, el que presentó el proyecto de ordenanza para destronar a San Onofre, tampoco sobresalía entre aquellos ediles. Su historial legislativo se reducía a cuatro o cinco iniciativas sin importancia y a aprobaciones y rechazos sin argumentaciones enjundiosas. Incluso se dijo que aquel proyecto no provenía de su inspiración, que lo había urdido su mujer por un antiguo rencor que ella guardaba contra el santo por un favor denegado.

Pero ahí estaba el proyecto. Conciso, explosivo: quitarle a San Onofre el título de patrono de Buenavista e investir con ese título a cualquier otro santo al que se designara por votación de los miembros de aquel concejo, tras las pertinentes discusiones respecto a méritos.

En una semana el pueblo se tornó una gran pelotera. Al principio se formaron y enfrentaron dos bandos, quienes se oponían al proyecto y quienes lo apoyaban, pero enseguida los segundos se dividieron en numerosos grupos, cada uno con un santo distinto como candidato al título que quedaría vacante, y la disputa se instaló entre ellos. Primero contendieron solamente los devotos de los santos más arraigados entre la población, los que tenían cofradía propia, novenarios, cuando menos misas en su honor, pero pronto fueron postulados santos sin popularidad alguna, incluso ignotos, hasta exóticos, cuyos seguidores mostrarían un fanatismo insospechado. Y hay que considerar que aquellos combates traían una virulencia latente desde el estallido de la guerra, por los fundamentos del proyecto. Allí se tachaba a San Onofre de inútil y se atribuía la decadencia del pueblo a su inutilidad.

Tales fundamentos abundaban en datos históricos, con énfasis en los sesenta años que el santo pasó sobreviviendo como anacoreta. Se leía al final: *¿Cómo creer que nos llevaría al progreso un santo tan haragán? ¡Sesenta años sin hacer nada, en cueros, alimentándose sólo con yuyos, coquitos y el pan suministrado por un ángel! No existe otra explicación válida para nuestra decadencia. Y resulta evidente que quienes confiaron el porvenir de Buenavista a tamaño zángano no contaban con la información suficiente.*

Las consecuencias no surgieron inmediatamente. Tras la lectura del proyecto que hizo en voz alta un secretario, nada extraño sucedió en el recinto. Sólo hubo una muda indiferencia acorde con la calma chicha que allí reinaba casi siempre. Algún gesto que expresaba el fastidio por la futilidad de la cuestión, alguna sonrisa condescendiente, algún bostezo. El presidente declaró abierto el debate. Los legisladores se miraron. Nadie solicitó la palabra. Entonces alguien (quizá pensaba en su cena, quizá en el partido de bochas que quería jugar aquella noche) mocionó que mejor postergaban el tratamiento del tema y cerraban la sesión, porque ya era tarde, y un coro aprobatorio anticipó la resolución del presidente.

Sin embargo, al día siguiente todo empezó a cambiar. La Cofradía de San Onofre se puso en acción. Su presidenta, doña Encarnación Carranza, convocó a sus huestes para la media tarde y al anochecer muchos ya comprendían que se había desatado un grave conflicto. La radioemisora municipal y un auto con altavoces divulgaron un comunicado de los adeptos al santo que rechazaba con virulencia aquel *ataque pérfido* que el patrono sufría *pese a la protección brindada por tantos años a Buenavista, evitando desgracias y concediendo gracias a sus pobladores.* Se calificaba a Pepe Funes de *apóstata sacrílego vinculado con la masonería,* se informaba que la cofradía había pedido una audiencia urgente al Intendente Municipal para analizar el asunto, se exhortaba a los devotos de San Onofre, y en especial a quienes le debían mercedes, a cerrar filas contra tamaña agresión y concurrir a una asamblea pública que se realizaría frente a la iglesia tal día a tal hora, para desagraviar al santo.

El semanario El Progreso publicó el comunicado pero también uno emitido por las Damas Marianas, por el cual se proponía a los señores concejales que, si prosperaba el proyecto de Funes, se declarase patrona a la Inmaculada Concepción, en atención al fervor que los buenavistenses prodigaban a la santísima Virgen, sentimiento harto evidenciado en las novenas y la procesión respectivas.

A partir de entonces ardió Troya. Y no exclusivamente por intereses religiosos, sino también (y esto se dio por cierto) por el odio que se profesaban doña Encarnación Carranza y la mujer del notario Fleitas, fundadora, ex presidenta y factótum de las Damas Marianas, desde unos famosos altercados motivados por una campaña benéfica. Transcurrieron dos días desde aquella publicación periodística y circularon unos anónimos referidos a unos supuestos cuernos del notario, lo cual generó un rápido contraataque —también a través de un libelo, pero éste con un San Onofre dibujado con tinta china— focalizado en los abortos que el doctor Carranza, cónyuge de Encarnación, cometería en su consultorio médico.

Y cuando se creía que las hostilidades se circunscribirían a estas dos facciones, la Cofradía de Santa Mónica candidateó a su santa, protectora de las esposas, y, enseguida, unos comerciantes propusieron al patrono de su gremio, San Martín Caballero.

Mientras tanto, había llegado el día en que el Concejo Deliberante debía debatir el proyecto de Pepe Funes. Un jueves caluroso. El recinto de sesiones, colmado por un público excitado, tenía las ventanas abiertas de par en par. Enmarcadas en ellas, afuera, se apretujaban caras ansiosas por espiar. Una noticia que la radio municipal había difundido unas horas atrás potenciaba la expectación: el concejal Funes habría recibido un anónimo con amenazas de muerte.

Cuando los ediles ingresaban a la sala, solemnes, algunos de saco y corbata, pidiendo permiso a los mirones y con custodia policial, Manequillo, el limosnero borrachín, desenroscó y levantó una cartulina con esta provocadora leyenda: *¡Fuera San Onofre!* Una rechifla salpicada de adjetivos obscenos atronó hasta que Manequillo, reflejando estupor y terror, enroscó su cartel. La indignación cundió entre los simpatizantes del patrono: ¿quién había utilizado a Manequillo?

Hecho el silencio, el presidente anunció que había quorum y que por ende comenzaba la sesión, que no toleraría perturbaciones y que, conforme al orden del día, se discutiría el proyecto relativo al patrono del pueblo, e invitó a Pepe Funes a defender dicho proyecto. Quizá intimidado no sólo por la amenaza anónima sino también por el nerviosismo que vibraba en el lugar, Funes se limitó a informar que renunciaba a su derecho a alegar, puesto que el proyecto se sostenía sobradamente con los fundamentos ya leídos en la sesión precedente. Entonces alguien gritó, al fondo, al parecer entre quienes rodeaban a doña Encarnación Carranza, con voz atiplada para despistar:

— ¡Cagón!

La tensión suplementaria que generó el epíteto se volvió tangible. Se disipó cuando las miradas revelaron que no habían identificado al injuriador.

Entonces el presidente preguntó si algún concejal deseaba tomar la palabra. Y Leoncio Uzandizaga alzó un brazo, fue autorizado y se puso de pie. Algunos rostros expresaron sorpresa. ¿Desde cuándo orador, Uzandizaga? ¿Aquel contable que sólo sabía de números iba a meter la cuchara en un asunto tan delicado?

Sin embargo, por la actitud con que el hombre se paró, ya se advertía que no era el Uzandizaga de siempre. Su endeblez había desaparecido, se movía con una resolución desconcertante. Un reconcentramiento, una autoridad, una firmeza tranquila pero férrea habían reemplazado la blandura facial y la ridiculez del bigote hitleriano y daban brillo a los ojos. Leoncio Uzandizaga se paró renacido. Del anterior, el antiguo, restaba nada más que una apariencia engañosa.

Caminó tres pasos, ocupó el centro del semicírculo que formaban los asientos concejiles frente al estrado, entrelazó las manos detrás del cuerpo. Tras permanecer por unos segundos con la cabeza gacha, se volvió con lentitud hacia el presidente y le dijo que sería breve, y que primero abordaría la biografía de San Onofre. Aquí hay que consignar que en tal preámbulo subyacía ya la fuerza con que el episodio se grabaría en las memorias. Por muchos años, por décadas, la frase *Seré breve, señor presidente* serviría para evocar aquel discurso, puesto que la gente la usaría jocosamente cuando alguien empezaba a discursear y en alusión a la hora y media que Uzandizaga habló aquella vez.

Giró hacia el frente Uzandizaga, rechazó el micrófono que le ofrecían, paseó la mirada por sus pares (el procurador Barraza, el carnicero Benavente, el dentista Luján Matiauda, el confuso Pepe Funes, el panadero Gumersindo Rojas, el mercero Nassim, el boticario, el talabartero) ignorando al público como si quisiera demostrar que el vulgo no importaba, que su conciencia y su criterio, y nadie ni nada más que ellos, le suministrarían los conceptos, y agachó la cabeza y dijo:

—San Onofre... Nombre que significa... —y levantó el índice derecho y acompañó con él la cadencia de la frase—: *el- continua-mente- bueno.*

Lo dijo como si reflexionara, con voz sonora aunque impostada (porque su voz natural sonaba cansina, escasa en inflexiones) y dio rienda suelta a una inesperada verba.

Recorrió con su elocuencia toda la historia de San Onofre. Un paradigma de realismo, descripciones dignas de la mejor novelística realista. Una profusión de detalles que en ningún momento aburría, al contrario, atrapaba e incluso cautivaba. La adjetivación justa, sin ripios, una amplísima paleta de colores, una precisión de datos que testimoniaba una investigación exhaustiva (o la excepcional capacidad para el macaneo que el orador había ocultado hasta aquella circunstancia, según algunos adeptos a la postura de Funes), personajes dotados de hondura psicológica, y fluidez, y eficaz regulación del suspenso, en fin, un relato magistral. Algunos fragmentos sumieron al auditorio en una especie de encantamiento. Inmovilidad absoluta; el silencio que pendía de cada frase, estremecido cada tanto por suspiros. Parecía como si lo narrado sucediera ante aquellos oyentes atónitos. La prueba terrible superada por San Onofre cuando era bebé, por ejemplo. Se diría que aquellas personas veían al diablo y al rey que secreteaban, a la madre empavorecida y anegada en llanto, su lucha contra los soldados para impedir que éstos le arrancaran el bebé de los brazos, la hoguera, los soldados que avanzaban hacia la hoguera con el niño, el niño cayendo entre las llamas... O una picadura de escorpión que habría sufrido San Onofre en el desierto (los escuálidos pies descalzos que se aproximaban al bicho en la arena, el escorpión escondido tras una piedra, sus pinzas muy separadas, su cola enhiesta con el aguijón bien a la vista). O las visitas del ángel que traía alimentos a la ermita. O San Onofre ante alguno de los espejismos con que Satanás procuraba quebrar su voluntad, el santo azorado frente a manjares suspendidos en el aire reverberante, un banquete pantagruélico...

Cuando Uzandizaga narraba la agonía de su defendido, ateniéndose, según aseveró, al relato del discípulo que la habría presenciado, San Pafnucio (nota: el hagiógrafo que después enviaría el obispo para aclarar las cosas negaría la existencia de pruebas sobre tal relato), doña Encarnación Carranza experimentó un indisposición por la emoción. Muy ligera, una simple sofocación, pero que obligó al orador a interrumpirse. Pero en cuanto sacaron a Encarnación Carranza del recinto Uzandizaga reanudó su crónica, y cuando la señorona se reincorporó al auditorio el santo ya estaba bajo tierra, para hablar con propiedad: bajo arena caliente, gracias al servicio fúnebre que le había brindado San Pafnucio con la ayuda de dos leones del desierto.

Luego Leoncio Uzandizaga reseñó la historia del movimiento eremítico cristiano, diferenciando épocas y clases y subclases de eremitas, mencionando a unos cuantos, a algunos con comentarios biográficos. Y asestó a Pepe Funes una estocada sin duda harto efectiva cuando, tras referirse a los estilitas en general, se plantó frente a él y le preguntó qué calificación, a su juicio, merecería San Simeón por haber vivido añares trepado a una columna si a San Onofre se lo consideraba un haragán por haber vivido en una cueva. Funes no supo qué contestar, enrojeció e hincó el mentón en el pecho, mientras un aplauso festejaba el embate.

En este punto Uzandizaga inició una relación de milagros atribuidos a San Onofre. La admiración de los presentes alcanzó su clímax con aquellas súbitas curaciones, aquellas catástrofes corregidas, aquellas salvaciones imposibles. Una familia que sobrevivió semanas bajo los escombros de un terremoto, una reina estéril que parió una prole numerosa, una hambruna que terminó bajo una lluvia de leche, un mendigo que halló un billete de lotería premiado, un avión en llamas que aterrizó con sus pasajeros ilesos, un rayo que fulminó a unos sátiros que perseguían a una monjita... Cada milagro con sus nombres, sus fechas, sus pormenores más relevantes.

Y aquí el contable jubilado detuvo su ir y venir por el hemiciclo, escrutó a los demás concejales, a uno por uno, encaró al presidente y formuló este interrogante que flotó en el aire cual mazazo definitivo: ¿cometerían los buenavistenses la injusticia, la *tremenda* injusticia, de endilgar a semejante santo la decadencia y la inopia que ellos mismos habían provocado con su pereza y su desidia? Articuló aquellas palabras pausadamente, en tono de dureza inapelable, con un gesto imponente.

Transcurrieron unos segundos antes de que el ambiente comenzara a distenderse. Alguien batió palmas, un aplauso tenue, más bien exploratorio, que al afianzarse suscitó adhesiones al principio también tímidas, y que por fin creció y se propagó hasta atronar. Los secuaces de doña Encarnación Carranza se miraban con exultación. Algunos lagrimeaban, se persignaban, juntaban sus manos y las sacudían hacia lo alto en agradecimiento al cielo, algunos se abrazaban. Unos cuantos se abalanzaron hacia Uzandizaga para felicitarlo, Uzandizaga agradecía con mesura. Entre quienes apoyaban a Pepe Funes se había instalado una pesadumbre teñida de vergüenza. Huyeron cabizbajos, Funes entre los últimos. El presidente mismo patentizó cierto aturdimiento, se irguió, contempló aquel desorden, se inclinó sobre su micrófono y notificó que clausuraba la sesión por falta de quorum.

La euforia duró unos diez minutos. Aún no había disminuido cuando las rameras de El Farol Rojo doblaron la esquina más cercana con paso largo y aire de resolución. Muy acicaladas, aunque vestían ropas bastante sobrias y reprimían sus aspavientos profesionales. La madama doña Alpha encabezaba la marcha. A su diestra, apenas atrás, la Rubia Culito sostenía por un palo un cartel que rezaba con letras rojas: *Madrecita María Magdalena/ Nueva patrona de Buenavista*. A la izquierda, María Foguete portaba una imagen esmaltada de la santa. Cuando el grupo llegó a la puerta, la algarabía declinó y enseguida se hizo un murmullo cuyas miradas todas convergieron en aquellas mujeres. El presidente mandó a su secretario a enterarse de la razón de tan extravagante comparecencia. Doña Alpha respondió que querían entregar un petitorio, rebuscó en su cartera y sacó y blandió un sobre como si enseñara algo portentoso. Ese lapso duró la creencia de que la guerra había concluido.

Desde entonces los acontecimientos relacionados con la cuestión se precipitaron. En la tarde siguiente la comisión directiva de la cooperativa agrícola (entiéndase: del fantasma de dicha cooperativa, porque en aquellos pagos la agricultura había menguado hasta convertirse en una entelequia) se reunió de urgencia y decidió postular para patrono a San Isidro Labrador. Menos de cuarenta y ocho horas después, un improvisado cónclave de empleadas domésticas candidateó a San Onésimo. Las postulaciones siguieron, y ya se sumaron las primeras promovidas por mera devoción, con independencia de la representatividad del candidato. Algunos vecinos, por una influencia cualquiera que ejercían sobre determinada gente (por dinero o política o prestigio) lograron crear huestes cuantiosas detrás de sus santos y posicionar muy bien a éstos. Un poderoso ganadero juntó en una manifestación a sus peones con sus familias y propuso a Santa Tecla, nombre de su estancia. Un caudillo político se valió de sus correligionarios para impulsar a un tal

San Rumoldo, que antaño le habría concedido un favor crucial para su salud. Otros santos, claro, se proyectaron sin organización alguna, nada más que por su popularidad, de manera casi espontánea. San Antonio, por ayudar a conseguir novio; San Pascual Baylón, por ayudar a encontrar objetos perdidos.

La polémica sobre la destitución de San Onofre quedó empequeñecida, alimentada sólo por la devoción de sus partidarios; las demás facciones, cegadas ya por el fervor, daban la destitución por segura y concentraban sus bríos en la disputa por la sucesión. Sus acciones tenían formas diversas, distribución de panfletos, pintadas, publicidad radial y por altavoces, etc. Pronto adquirieron una agresividad progresiva. En muros y panfletos aparecían leyendas como éstas: *San Onésimo chorro, Santa Mónica cornuda, Santa Eugenia tortillera...* Pronto también surgieron y arreciaron agravios personales; injurias y calumnias pulularon mediante anónimos y los letreros en los muros. Las argumentaciones a favor de tal o cual santo o contra él en las asambleas, marchas y reuniones fortuitas acabaron por contaminarse con aquellos excesos. Las discusiones por los merecimientos de un santo pasaban con gran facilidad de la vehemencia al cabreo y del cabreo a las ofensas personales. Hubo disturbios y algunas peleas a puñetazos. Amistades antiguas se rompieron. Familias se dividieron. El odio germinó y se desplegó y esparció sus semillas por doquier, estallaba en cualquier circunstancia, a menudo sin ningún aviso, a menudo sin freno.

Los desvelos con que el padre Basilio, el cura párroco, intentaba aplacar las violencias fracasaban ostensiblemente. El curita vivía con el alma a los tumbos, procurando reconciliar, amortiguar, explicar, en fin, reconstituir la unión de su rebaño, pero sólo obtenía éxitos efímeros, y cada una de sus intervenciones debilitaba su autoridad. Lo acusaban de parcialismo, ignorancia, haberse dejado influenciar, haber recibido sobornos. Se lo veía trajinar por el pueblo transparentando desasosiego, a zancadas. Llamaba a una puerta con ansiedad o interceptaba a un transeúnte y le soltaba una monserga; casi siempre regresaba a la casa parroquial con la frustración en el rostro. Y, por las evidencias, tampoco sus sermones fructificaban. En vano se enardecía y desgañitaba y gesticulaba en el púlpito, en vano exprimía allí su competencia para persuadir, y amenazaba con feroces castigos divinos a quienes comprometían la cohesión y la solidez de la Iglesia, e invocaba la armonía que reinaba entre los santos y la que se debían los hijos de Dios, hasta enronquecerse, hasta que el cansancio mellaba demasiado su grandilocuencia o lo sofocaba la angustia. Sus ardores duraban cada vez menos. Su voz sonaba a derrota cada vez más.

Enflaqueció, el padre Basilio. Una palidez ojerosa fue impregnando su tez, un peso invisible encorvaba su espalda.

Y cuando ya desfallecía, pidió ayuda a su obispo. Y el obispo mandó un veedor, y después un predicador que se marchó a la semana tras unos ampulosos, rimbombantes sermones, y después un hagiógrafo.

—¿Qué es un hagiógrafo? —preguntaba la gente.

El Progreso disipó la incertidumbre: un escritor de vidas de santos, y venía a ponerse a disposición de los interesados en aquel conflicto para atender consultas. Y adjuntaba un currículum: el tipo había escrito y publicado varios libros, preparaba uno sobre San Onofre y trabajaba en los archivos del Vaticano. Venía directamente desde el Vaticano, por gestiones del obispo.

Era un sacerdote bastante joven, cuarentón, atlético, pintón. De talante severo. Usaba unos gruesos anteojos. Al principio las mujeres no ocultaban la atracción que sentían por él. Sin embargo, no consiguió sino aumentar la belicosidad general. Para ello contribuyó mucho el idioma; hablaba un castellano pésimo, más bien un cocoliche, lo cual causaba risas no siempre reprimidas del todo, lo cual lo malhumoraba hasta lo incontenible. Unas pocas respuestas ásperas (atendía a la mañana en la oficina parroquial y a la tarde en la municipalidad) resultaron suficientes para causar enojos que, inflados por aquella atmósfera de fanatismo, adquirieron proporciones que apuraron su partida. Se fue subrepticiamente en el tren nocturno. Se dijo que llevaba una fea hinchazón en la cara.

Para que terminara la guerra de los santos fue necesario que el obispo adoptara una medida drástica. El domingo inmediato a la fuga del hagiógrafo, el padre Basilio leyó en la misa de diez un decreto episcopal por el cual se solicitaría al Papa la constitución de un tribunal para juzgar, a efectos de la excomunión, a quienes cometían delitos canónicos en Buenavista. Unos cuantos manifestaron dudas sobre la realidad de aquel decreto. Hubo incluso quienes tomaron la cosa a chacota.

— ¿Y qué ganará con tanta excomunión?

— ¡Por fin el mundo sabrá algo de nosotros!

— ¡Me voy con los Testigos de Jehová!

Pero el Pepe Funes tomó la cosa en serio y retiró su proyecto. Y ya no hubo quien se atreviera a continuar con aquella guerra.

Y así, gracias a San Onofre, Leoncio Uzandizaga se convirtió en un político exitoso.

## La expiación

Me parece una canallada, digo.

Pedro Marín me replica que *canallada* nos hizo Berlanga, y una demasiado fea, y durante tantos años. Cagarse en nuestra esperanza, dice.

La política es eso, don Pedro, le replico. Me mira como si no me entendiera o le costara aceptar mi estupidez.

Gira la cabeza hacia delante, se queda mirando la silueta que forman Berlanga y su silla de ruedas en la sombra de un arbolito que proyecta la luz de la calle.

Hace un rato yo tenía dos hipótesis para explicar la extraña conducta de Antonio Berlanga: la nostalgia o el arrepentimiento. Pero no me decidía por ninguna.

Ésta es la tercera noche que lo encuentro, las tres en distintos sitios del pueblo, las tres en plena madrugada. Berlanga exactamente así, junto a una pared, de espaldas a la calle. La segunda vez que lo hallé, el mes pasado, me acerqué bastante a él, por detrás, claro, y muy despacio. Retrocedía cuando creía que lo había visto moverse. Me preguntaba: ¿y si el susto lo mata? No le faltará conciencia de su indefensión, pensaba, alguna zona sana de su cerebro le dirá lo fácil que resultaría para cualquiera causarle daño, incluso matarlo. Alcancé a distinguir los pliegues de su cuello obeso, la caspa acumulada en la bata a cuadros. Aunque mantenía la cabeza ladeada sobre un hombro, no dormía. Por un instante me corrí hacia un costado y comprobé que miraba el muro con fijeza. Me fui a dormir rumiando aquel misterio. ¿Quién lo había puesto ahí? ¿Su enfermero? Sólo podía haber salido por sus propios medios si hubiese recobrado las funciones cerebrales en grado suficiente para manejar la silla, lo cual implicaría un milagro. Y aun así, ¿lograría trasladarse por veredas y calles? ¿Y con qué motivo? No intenté averiguar nada, ni siquiera me quedé a espiar; llevaba unas copas encima y temí complicaciones. Al día siguiente inspeccioné aquella porción de muro y leí: *Vote a Berlanga*. Letras descoloridas, borrosas, apenas legibles. Un rojo desvanecido por el sol y la humedad durante largo tiempo. Y sí, calculé, desde aquellas elecciones habían transcurrido tres décadas al menos.

Después fui hasta el lugar donde me topé con él la primera noche, todavía en verano. La ochava del Club Social. Un sector oscuro, allí la luz callejera se cortó hace mucho. Yo atravesaba la calle y al alzar la vista descubrí a Berlanga, un tremendo julepe. No lo reconocí enseguida. Encorvado, el Tono Berlanga, aferrado a los brazos de su silla y con el torso inclinado hacia la pared, como si se empeñara en descifrar lo que veía. No me detuve, sólo desvié la marcha hacia la acera opuesta; me esperaba una chica en una cama y nadie se retrasa en tal circunstancia. Leí cuando regresé allá y examiné la pared: *Berlanga DIPUT PARA EL PROGR*. Mayúsculas todas las letras, un color azul o negro ya indefinido. La mitad derecha de las palabras truncas no existe porque allí se cayó el revoque. Juraría que una misma mano pintó ese grafiti y el que Berlanga contempla ahora. Los dos son pequeños y están a baja altura; los habrá pintado el petiso Perecito, que anduvo entre nosotros ensuciando muros a favor de Berlanga desde el principio. Solía cumplir una única función: acarrear el cajón con los tarros de pintura, los pinceles y la botella del aguarrás sujeto al portaequipaje de su bicicleta.

Sentí algo semejante a la melancolía: Perecito murió unos meses después de que Berlanga asumiera el cargo. "En el padrón electoral no hay enanos", bromeaba Macoco si Perecito pedía pintar, y el petiso bufaba. Evoqué a Macoco con cierta dificultad, dejó Buenavista ni bien finalizó la secundaria y, —que yo sepa— jamás retornó. No logré recordar quiénes más integraban aquel grupo de pintores. Y entonces deduje: o nostalgia o arrepentimiento.

—No merece su lástima —asevera Pedro Marín, y se arrellana y el banco cruje. El silencio de la plaza agiganta su voz; no se oye ni la letanía de las ranas que pueblan la fuente.

Le lanzo una ojeada de soslayo. Sus ojos continúan clavados en Berlanga, ha cruzado los brazos, ha fruncido el ceño y los labios, se diría que para infundirme respeto o intimidarme. Un gesto que la bonhomía que la naturaleza estampó en sus rasgos torna ridículo. Suele poner esa cara tras el mostrador de su tienda cuando atiende a un cliente que no le agrada.

—No exagere, don Pedro.

—¿Exagerar? —y se enardece, se rebulle, su bigotito baila en la penumbra—. ¡Pero qué me dice! ¡El hijo de puta vivió como veinticinco años a todo lujo, se enriqueció, le rindieron honores...!

—Cálmese —me produce temor su exaltación; me consta que padece una hipertensión peligrosa—. El tipo ya está más muerto que vivo.

—¡Justamente, justamente, por eso lo verdugueamos! ¿Él se muere y qué? ¿A quién vamos a cobrarle?

El plural me estremece. ¿Cuántos complotados habrá? Imaginar que son muchos inquieta a cualquiera. Una multitud de sombras con la llave de la casa de Berlanga. Habrán obtenido las copias sobornando a un criado, presumo. O no: alcanzaría con sobornar al enfermero, la única persona que acompaña al inválido por las noches. Sombras que se turnan: hoy te toca, hoy nos encargamos nosotros... ¿Habrá una frecuencia establecida o proceden cuando a alguno se le ocurre? Me agarró el insomnio, voy a buscar a Berlanga. Perdí en la timba, me desquito con Berlanga. Me duele una muela, sonaste Berlanga... Sombras que intercambian relatos truculentos: le coloqué una rata muerta en el regazo, caía una helada terrible, se meó, le eché una meada, lloraba... Sombras que empujan la silla por entre las tinieblas con el paso resuelto de una perversidad sin freno. Sombras que devuelven la silla y su carga a la casa con la prisa que impone la proximidad del alba. Y además se debe contabilizar a quienes no actúan directamente pero consienten, aprueban, aplauden, encubren. ¿Oíste, será alguno que lleva a Berlanga? Se largó la tormenta ¿habrán sacado a Berlanga?

Entonces irrumpe en mi mente aquel Berlanga grandioso. Berlanga treinta años más joven, apuesto, abogado flamante. ¡Ah, cuánto lo amamos! ¡Cuánto nos cautivaban sus promesas, su energía, el aplomo con el que nos anunciaba un futuro perfecto, los ademanes con que reafirmaba los planes que lucubraba para nosotros! ¡Al fin Buenavista entraría en el mundo! ¡Un buenavistense en la Diputación Provincial! ¡Al fin se detendría nuestra decadencia, el atraso mutaría en progreso, la desidia en aliento, en ganas, en bríos! Las obras públicas que se construirían aquí brotaban de sus palabras y de nuestra imaginación casi visibles, casi palpables. Y a ellas seguían las maravillas de la iniciativa privada. Poderosos inversores vendrían atraídos por tanta pujanza, sobraría el trabajo, se acabaría la pobreza... Lo amábamos, ¿cómo no amarlo? Como una solterona a su príncipe azul, como una puta a su proxeneta, así lo amábamos. Desde lo más profundo de nuestros sueños perdidos. Nunca antes ni después vivimos una elección con tal entusiasmo. Nunca antes ni después colaboramos así para una campaña política. Hasta sus adversarios colaboraron. Hubo contribuciones enormes, sumas fabulosas, joyas, novilladas, títulos de propiedad... La gente acudía al comité del partido de Berlanga ansiosa por ofrecer y ofrecerse. No exagero si digo que Buenavista entera pagó la campaña que Berlanga desarrolló en toda la provincia. Y los más pobres donaban con mayor entusiasmo. Resultaba conmovedor verlos aguardar con sus ínfimos tesoros ante la puerta de aquel comité, con una oveja, unas gallinas...

—Usted se acordará bien —masculla Pedro Marín, ya algo aplacado—. Trabajó para su elección.

—No cooperó el que no pudo, don Pedro.

—Es cierto —y cabecea, reflexivo—. Nos equivocamos todos.

—No nos *equivocamos*. Nos empujó la necesidad.

— ¿La necesidad?

—De creer que las cosas cambiarían. Nadie sobrevive sin esperanza.

Asiente, callado. Sin duda le pesa admitir que me asiste la verdad.

—Por algo demoramos tantos años en comprender que nos había olvidado.

Asiente Pedro Marín. Suspira. Menea ligeramente la cabeza y vuelve a sumirse en su ensimismamiento, las manos entrelazadas entre las piernas juntas.

Porque la carrera pública del Tono no menguó en jerarquía

al concluir su período de diputado. De la banca el hombre pasó a dirigir un importante organismo estatal, y de allí a otro alto cargo burocrático, y ese cargo lo proyectó a un ministerio, desde donde saltó a una senaduría, su escalón para ascender a la Vicegobernación, y tras eso... Ya no lo ayudaba su tío caudillo que le había conseguido la primera candidatura, sino la familia de su esposa, con quien se casó mientras fungía como diputado. Gente de relevancia política, linaje de mandamases. Y mientras recorría ese derrotero, Antonio Berlanga jamás retornó a Buenavista o —si retornó— muy poco asomó la nariz. Pero aquí continuaba la espera, aunque deshilachada la confianza, y después, voladas las últimas hilachas, por mera porfía, porque nos resistíamos a rendirnos a la evidencia de nuestra ingenuidad. De cuando en cuando corría un runrún: la escuela nueva. O: el hospital modernísimo. O: el estadio de fútbol. Comentarios cada vez más espaciados, hechos a media voz, con miedo a parecer imbéciles. Rumores que cesaban pronto, patentizando así el desmedido y exhausto deseo que los creaba. Y entremedio recibíamos noticias relativas a Berlanga, a sus avatares jerárquicos que sucedían siempre arriba, siempre donde se reparte la torta. Hasta que después, mucho después, descubrimos una manera de abandonar la espera sin perjudicar nuestra autoestima: hacer chistes sobre Berlanga, sobre su fiabilidad, su memoria o su ingratitud. Me falló como Berlanga. Que vaya a cobrarle a Berlanga. Y así el humor nos permitió asumir que no ocupábamos ningún lugar en la mente de Berlanga, ni siquiera en su subconsciente, que Buenavista ni siquiera era un fantasma capaz de inquietar esporádicamente a nuestro político ilustre.

Sin embargo, el rencor no se extinguió. Yo me figuraba que

se había extinguido, pero subyacía bajo el humor y la resignación. Quizá cuando supimos que Berlanga, viudo y enfermo, volvería a vivir en Buenavista, dicho sentimiento ya se hallaba reducido a una llamita demasiado exigua para reanimarse por sí misma, pero la cercanía, la presencia física del Tono en la casa que sus parientes compraron aquí para él (para desligarse del estorbo que él representaba allá, en la capital de la provincia), originó el resurgimiento pleno, feroz, del que ahora me entero. Quizá el factor decisivo fue saber que lo aqueja una cuadriplejía irreversible producida por un ACV que también le quitó el habla. Quizá contra un Berlanga un poco menos inerme el rencor no hubiese crecido tanto.

El tendero Pedro Marín consulta su reloj. Se para, enfunda las manos en los bolsillos del sobretodo y me pregunta si yo devolvería a Berlanga a su casa.

—Tenía que reemplazarme el farmacéutico —dice—. A las cuatro debo tomar mi remedio.

¡El farmacéutico! ¡Un tipo que parece un pan de Dios! El estremecimiento me asalta otra vez.

— ¿Y por qué no lo lleva ahora y lo saca mañana?

— ¡Ah no! Mañana le toca al sastre. Y todos los turnos están reservados hasta el año que viene.

Insiste. Si el médico no le hubiese recomendado que tomara ese remedio con puntualidad absoluta, él se quedaría, obviamente, no se privaría de semejante placer ni por un minuto.

—Oiga: hay una completa libertad de acción —me dice, a guisa de estímulo—. Algunos le pegan sin asco.

Me negaré, por supuesto. No participaré en tamaña monstruosidad.

Pero entonces renace en mí un recuerdo tenue, difuso, que por alguna razón adquiere nitidez enseguida: yo con treinta años menos, un adolescente lleno de ilusiones, pintando la pared que mira Berlanga, la frase hoy casi ilegible de la que Berlanga no puede apartar la mirada.

Y me levanto.

## Un *canotier* en la pampa gaucha

Un sombrero *canotier*, o *boat*, o gondolero. De esos que Coco Chanel lanzó a la moda antes de la Gran Guerra. De rafia. Ancha cinta de raso morado, con dos pequeñas y primorosas flores de organza, una de color bermellón y la otra de color aguamarina.

Simeón Caté (todavía conocido sólo como Simeón Chiflado, por el manso desbarajuste mental que se reflejaba en su cara hosca y ñata, de ceño cargado) le quitó las flores por tres años, tras el entrevero que terminó con las burlas. La gresca fue en un boliche de los suburbios de Buenavista. Un pendenciero de apellido Peralta había llegado algo borracho; Simeón observaba un truco que jugaban unos arrieros. Se levantó recién al oír la tercera o cuarta mofa relativa al sombrero que tenía sobre su regazo, depositó el sombrero en el asiento y se abalanzó contra el tal Peralta, cuchillo en mano. El bolichero logró desarmarlo arrojándole un farol a querosén apagado, cuando Peralta ya sangraba por el pecho y un flanco y una pierna, heridas que felizmente no causaron daños profundos. Luego, varios parroquianos no conseguían sujetar a Simeón. La siguiente vez que se lo vio con el sombrero las florcitas ya no estaban.

Usó el *canotier* desde que lo halló, dos semanas después de que la inglesita Marie Rose Cookson dejara la estancia Carambola. Lo usaba ante cualquiera, incluso ante su patrón y su patrona, que conservaron la piadosa delicadeza de callar ante él ironías y bromas al respecto. Durante el período precautorio determinado por el incidente del boliche el sombrero perdió las flores, no la cinta, pero enseguida los solazos y el polvo convirtieron el morado en un negro aguachento. Esto no evitó que al poco tiempo el apodo en idioma guaraní (*caté*: distinguido, lujoso) se adhiriera al nombre del portador y acabara sustituyendo al *Chiflado*, lo que, según las evidencias, jamás molestaría a Simeón.

Y ya tenemos a Simeón Caté acostumbrándose a trajinar por el campo con aquel sombrero. Entre un rodeo, sobre un pingo tal vez medio chúcaro, puesto que se empeñaba en montar los caballos ni bien éstos pasaban por la doma, actividad que a menudo él mismo realizaba. Inclinado sobre la bichera de un ternero. Vertiginoso y desdibujado por el humo de las yerras. Sobando tientos en un galpón. Alumbrado por el fogón durante las mateadas. Y en boliches, en cuadreras, bailantas y demás esparcimientos: siempre el *canotier* en su cabeza, o pendiente entre sus omóplatos por un barbijo que él mismo fabricó con cuero trenzado y puntas acabadas en penachos, o en su regazo. Lo preservaba, eso sí, de las lluvias, cubriéndolo con un trozo de hule.

Pero conviene ya explicar cómo llegó a poseerlo. Retroceder hasta el día que la señorita Marie Rose Cookson, hija de un diplomático británico, amiga de la primogénita del patrón, arribó a Carambola. Con otra mocita gringa, su prima, para pasar unas vacaciones. Marie Rose, espiga luminosa. Cabellera cuyo oro competía con el sol y ojos tan azules que frecuentemente, cuando se hundían absortos en el mundo, volvían casi etéreos los rasgos suaves que los enmarcaban. Envuelta en melancolías sólo interrumpidas por gestos mesurados, risitas condescendientes, afabilidades puntuales, las cuales por lo general teñían su palidez con deliciosos rubores. Para enamorarse a Simeón le bastó depositar su mirada por primera vez sobre ella. Un amor que desordenó aún más su espíritu, irrevocablemente.

Entre los episodios que le permitieron atisbar a la inglesita dos habrán creado en él una ilusión de intimidad.

Marie Rose leía en un sillón de la galería abierta de la casona. Simeón andaba por una caballeriza cercana, tras desensillar la yegua que montaba el patrón. Fingía demorarse guardando los aperos para mantener aquella visión reducida por la distancia, imprecisa por el sitio sombrío donde estaba la joven y la reverberación del mediodía en el espacio que los separaba. Y entonces experimentó un sobresalto: ella lo miraba. Quizá la chica contemplaba algo más distante, o meditaba sin ver, pero el mencho Simeón huyó como si se sintiera sorprendido in fraganti en imperdonable delito.

El segundo episodio ocurrió un atardecer. Se bañaba en el tajamar de la invernada chica, como era su hábito. Solo, desnudo. El monte que abrazaba el abrevadero impedía que lo avistasen desde las casas. Ignoraba que las señoritas habían salido a cabalgar. Se volvió y la descubrió, sin compañía, estática, grave, sobre el petiso moro y con el *canotier* puesto. ¿Cuánto tiempo llevaba observándolo? ¿Lo había visto de cuerpo entero, al entrar al agua? Estas preguntas lo habrán atormentado interminablemente. La inglesita lo escrutó aún por unos segundos y luego taconeó al petiso y reanudó la marcha, despacio, ensimismada.

En algunas de las otras ocasiones en que la vio (pocas, desde lo del tajamar evitaba encontrarla) ella lucía el *canotier*.

Miss Cookson abandonó la estancia Carambola antes de lo previsto, porque por aquellos días su padre había enfermado gravemente en la capital. La prima partió con ella. No resulta difícil imaginar en qué estado quedó Simeón. La pena que transparentaba, los mutismos ahora abismales, su desinterés por las faenas a las que cotidianamente prodigaba sus bríos, habrán llamado la atención de más de un compañero de trabajo. Pero claro, los verdaderos gauchos no se hacen confidencias sobre sus asuntos sentimentales, así que Simeón sobrellevaba un quebranto multiplicado por el silencio.

Y mientras tanto, el *canotier* esperaba en el campo. Un viento se lo había robado a Miss Cookson durante algún paseo, arrastrándolo demasiado lejos de su dueña, o escondiéndoselo, o simplemente sin que ella lo percibiera. Lo cierto es que el sombrero se aposentó en aquella inmensidad y esperó y esperó, quizá con algunos desplazamientos al arbitrio de los vientos, quizá ante la perplejidad de los animales, un buey que lo olfatea, un tero que protesta por lo que presume un peligro para sus pichones, unas mulitas que se consultan sobre tan exótico intruso. Aplastado por soles furiosos, vibrantes los colores de sus ornatos, onírico bajo las grandes lunas, tal vez empapado por algún aguacero.

Incólume lo encontró Simeón, como si recién se hubiese volado de la inglesita. Y lo adoptó como su sombrero irremplazable ni bien comprobó que encajaba en su cabeza, no más justo de lo que podía corregirse reduciendo la pelambrera.

Y lo poseyó y lo exhibió hasta el día que se murió, dos décadas después, por una picadura de serpiente. En ese largo ínterin el *canotier* sumó cambios importantes. Las violencias del trabajo rural lo deformaron. En algún accidente se quebró para siempre su ala en un costado. La cinta no sólo se destiñó, también se deshilachó, hasta convertirse en un trapito miserable y con remiendos. Quizá para compensar los primeros deterioros, más que por considerar superado el riesgo de las burlas, Simeón Caté le devolvió las flores. Hubo un corto período en que el bermellón y el aguamarina parecían una insolencia en contraste con el desmedro del resto del sombrero. Y sin embargo, nadie recordaría otro acontecimiento como el provocado por aquel Peralta en un boliche.

El autor ignora si Simeón Caté se llevó el *canotier* a la sepultura. Sin duda, la historia, que se propagó incluso entre los pobladores de Buenavista, merece dicho final. Pero las historias de amor —se sabe— casi nunca tienen el final que se merecen.

## Caruso y mi abuelo. Y mi abuela

Decían que mi abuelo viajó con Caruso cuando vino de España. Y que a veces lloraba recordando aquel viaje. Yo cuento lo que se decía. Lo decían mi abuela y mi madre, y la gente en el pueblo lo repetía sin dudar. Nunca le pregunté a mi abuelo sobre el tema, a su muerte yo tenía sólo once años.

Cuando Enrico Caruso empezó a ser un fantasma pertinaz en mi mente, ráfagas de esa región de la memoria donde el pasado se confunde con la fantasía y los sueños, conocí unos pocos datos complementarios. Jamás sabré cuánto se ajustan tales datos a la verdad, ni siquiera si salieron de la abuela o de otra fuente confiable, pero están ahí, rodeando a Caruso cada vez que pienso en él. Que el viaje duró un tiempo exorbitante por una avería del vapor; que, obviamente, Caruso venía en primera clase y mi abuelo no...

El amor de mi abuelo por el canto lírico y sus aptitudes de cantante agigantan la anécdota. De tal sentimiento y tal don sí puedo dar fe, guardo imágenes indelebles que valen como testimonios. Por ejemplo, los baños de mi abuelo.

Eran días festivos en nuestra casa. Una fiesta que comenzaba cuando mi abuela anunciaba, exultante: "¡Jesús se baña!, ¡Jesús se baña!", los ciegos ojos muy abiertos, una euforia apenas reprimida. El ritmo doméstico se revolucionaba. La alegría se contagiaba a todos, incluso a la servidumbre, que suspendía su rutina y corría en distintas direcciones, arrimaba ollas y baldes al aljibe —la roldana y la cadena se oían como si cantaran—, agregaba leña a la cocina para calentar el agua, disponía las cosas en torno a la bañera. Se trasladaba lo necesario para el rito. La ropa meticulosamente doblada y planchada (mi abuelo solía vestir ropa clara, pantalones anchos con tiradores, camisas de seda, calzoncillos largos), las enormes toallas, una bandeja con el jabón, la loción, el Odorono y el talco de uso exclusivo, las sillas en las que depositar aquellos objetos y, por último, el combinado y los discos. Todavía veo el combinado, enorme, vetusto. Una especie de mesa de luz con patas curvas y una tapa que se levantaba para dejar operable al tocadiscos ubicado sobre la radio con puertitas. Presidía el dormitorio de los abuelos, junto a la caja fuerte. Mi hermana y yo no podíamos tocarlo; recién tras la muerte del abuelo lo colocaron en el living para que mi hermana y sus amigas, ya adolescentes, lo utilizaran para aprender a bailar. Dos criados lo transportaban al baño con extremo cuidado, entre las recomendaciones de mi madre. Mientras las grandes y humeantes ollas y los baldes se vaciaban en la bañera y la abuela, apoyándose en una de sus *chinitas*, medía la profundidad y la temperatura del agua, mi madre instalaba el combinado en el sitio exacto para que no lo alcanzaran las salpicaduras, lo enchufaba, lo destapaba, lo probaba, introducía los discos en el mecanismo automático respetando el orden que le había indicado el abuelo. Cuando no quedaba detalle por supervisar, todos salían del baño y enseguida el abuelo aparecía. Lo evoco grave, majestuoso. Una actitud que las pantuflas, que de ordinario sustituían a sus botas camperas y sus zapatos arcaicos, no menoscababan. A veces concedía una sonrisa beatífica que uno no sabía si atribuir a un goce anticipado o a la felicidad colectiva. A veces, al pasar, me guiñaba un ojo. Y ni bien él entraba al baño y cerraba la puerta, comenzaba la música. Casi siempre, un embate al principio ensordecedor y luego con altibajos que acababan en el volumen deseado. Y aún transcurría un rato hasta que se oía el ruido acuático de la inmersión, uno súbito, desmesurado, que delataba una intensa vacilación final. Desde aquí las grandiosidades contenidas en el vinilo ya no se interrumpían. Óperas, partes de óperas, canciones gorjeadas por excelsos cantantes de ópera entre los océanos sonoros que derramaban multitudinarias orquestas. Cada tanto, el abuelo acompañaba un fragmento y su vozarrón se elevaba cuanto le permitía su incultura vocal. Mientras, afuera, el bullicio continuaba con una cacería en el gallinero y más preparativos en la cocina (el baño ameritaba un almuerzo o una cena especial), con las bromas sobre la higiene del patrón mal disimuladas por los empleados, con las risas y el buen humor general.

También escuchaba óperas y a menudo las cantaba encerrado en su cuarto, con estricta prohibición de que se lo molestara. Durante los atardeceres de verano las escuchaba ante el ventanal enrejado que separaba aquella habitación de la calle, con las hojas abiertas de par en par. Sentado en su sillón, en pijama, la vista lejana. Pero entonces no cantaba. Los muy escasos transeúntes le dirigían saludos cautelosos. La solemnidad que impregnaba el barrio restringía nuestros juegos en la vereda.

Vuelvo al viaje. Si Caruso y mi abuelo viajaron juntos, parece obvio que en algún momento se hayan reunido en el buque. El viaje era demasiado prolongado; la pasión que ambos sentían por el canto, demasiado fuerte. Resulta lógico suponer que mi abuelo abordó a Caruso. Y que conversaron (leí en una biografía que Caruso dominaba el castellano) y que después se buscaron para matar las horas intercambiando opiniones sobre temas operísticos. Y que mi abuelo aportó a aquellos diálogos más preguntas que respuestas, pues, por su pobreza, habría asistido a pocas óperas, seguramente representaciones secundarias, de intérpretes sin renombre.

Que el joven gallego haya cantado para el divo tampoco carece de verosimilitud si consideramos los factores coadyuvantes, el tedio, el querer conservar la compañía. ¿Sugirió Caruso correcciones, ejercicios, alentó, felicitó, fue sincero? Me basta con imaginar la escena: las dos siluetas ante la barandilla, casi invisibles entre el cielo y el mar, quizá en la noche, quizá bajo una luna enorme, y mi abuelo, gesticulante, porfiándole cada nota a los rumores del agua.

Tampoco hay que descartar que tocaran cuestiones personales, incluso íntimas. Si esto ocurrió, mi abuelo le habrá provocado compasión a Caruso. Un sentimiento justificado. Mi abuelo iba al entierro de sus sueños de hacerse tenor profesional. Se lanzaba a una pelea a ciegas contra la pobreza, contra la fatalidad que lo había arrinconado en una aldea montañesa y después, en un suburbio de Madrid, en una bohemia sin mañanas, costeada con trabajos indignos. Y lo que le deparase América —cómo ignorarlo— significaría inevitablemente una definitiva renuncia a su utopía de atraer muchedumbres con su voz. ¿Qué chances pedir a estas tierras para su talento, cómo pretender seguir aquí la carrera hasta entonces reducida a actuaciones en tabernas y teatritos de morondanga? (Y exactamente eso pasaría: gracias al matrimonio con una rica heredera criolla, la fortuna llegaría rápido, pero con el imperativo de entregar los huesos a la administración de los latifundios de la dote. Sepultaría para siempre su futuro artístico en eriales ausentes en casi todos los mapas, abrasados por soles furiosos, en corrales hediondos de bosta y esteros enloquecedores, entre vacas y bárbaros, a merced de violencias sin freno, costumbres que jamás adoptaría, misterios que jamás descifraría.)

Desde luego, procuré corroborar la posibilidad del viaje con la historia real. Mi abuelo arribó a la Argentina en 1901, año en que Caruso realizó su tercera temporada en Buenos Aires. Un año complicado para el divo, por algunos escándalos amorosos, unos líos con empresarios y una gripe que lo obligó a suspender unas presentaciones en Londres. Asuntos que quizá estuvieron en aquellas charlas marinas.

Debo ya referirme a las cartas que quemó mi abuela, otra leyenda familiar. No recuerdo el episodio, no lo habré presenciado, pero oí hablar de él varias veces. Mi madre, cuando aún no padecía de amnesia senil, afirmaba que era falsa la versión repetida por ahí: que las había remitido una amante y que mi abuela las había descubierto tras enviudar. Una hipótesis, por cierto, nada creíble; sería absurdo que mi abuelo conservase algo que lo exponía a un conflicto conyugal. Tampoco cabe pensar que mi abuela interceptara las cartas a lo largo del tiempo (llenaban una caja de zapatos, en eso los comentarios coincidían); las hubiese destruido antes.

Sucedió enseguida de los funerales. Mi abuela convocó a la parentela y a algunas amistades a una especie de festejo solemne. Madre y las criadas prepararon y sirvieron manjares que poblaron unas cuantas mesas, en el patio. No sonó música, claro, y uno se figura una atmósfera lúgubre y que los presentes no escondían su inquietud. ¿Qué se celebraba, en una casa donde días atrás se había velado al morador principal?

Mi abuela, recargado el luto que traía desde la muerte de mi padre —su único hijo—, se mostraba serena en su sillón vienés. Cuando se servían los dulces, unos criados encendieron un fuego con leños junto al aljibe. Y por fin el sacerdote del pueblo batió palmas, solicitó atención y anunció que se iba a cumplir una ceremonia muy importante para la anfitriona. Un acto que la ayudaría a alcanzar la cristiana resignación ante la pérdida de su esposo y que él, su pastor, había autorizado ateniéndose a las reglas de la misericordia divina. La explicación se detuvo ahí. Madre avanzó desde algún lugar con la famosa caja (una cuerda sujetaba la tapa) y la arrojó al fuego. Mi abuela sollozó y aplaudió. Invitados y sirvientes aplaudieron, pese al enigma. Al desintegrarse la caja entre las llamas, se pudo advertir que su contenido consistía en cartas, sobres manuscritos y con sellos postales y matasellos, e indudablemente con cartas en su interior.

Y hoy, que no sé por qué escribo sobre el viaje en el que se habrían cruzado Caruso y mi abuelo, el uno hacia la inmortalidad y el otro hacia la muerte de sus sueños de artista, vuelve a mi memoria la anécdota de las cartas y me invade una idea maravillosa. El firmante era Caruso. El inconmensurable Enrico Caruso envió aquellas cartas desde distintos sitios del orbe, tras averiguar el paradero del destinatario por medios complejos y costosos, alentando a mi abuelo a reanudar el camino del canto. Llamándolo, urgiéndole, proponiéndole incorporarlo a sus elencos, conectarlo con empresarios, con maestros que perfeccionarían su voz. El noble, el generoso Caruso no lograba olvidar aquella voz extraordinaria que había conocido en alta mar, y no aceptaba un destino de fracaso y olvido para semejante diamante sin pulir. ¿Y cómo no iba a odiar mi abuela las cartas con las que se pretendía arrastrar a su marido a un mundo deslumbrante y remoto, donde ella no contaba? ¡Ah, si habrá reprimido su odio y su temor cada vez que el cartero las entregaba, cada vez que hallaba a mi abuelo leyéndolas o releyéndolas, incluso sólo por sentirlas allí, en el ropero o la cómoda o la caja fuerte, latentes, irradiando su hechizo, su potencia! No se animaba a destruirlas, por supuesto, la sumisión a mi abuelo no se lo permitía, pero en cuanto enviudó tomó la decisión y, con la anuencia de aquel cura siempre dispuesto a satisfacer a su mayor benefactora, las empujó al fuego. Y porque las odiaba demasiado, o como celebración de su liberación, las hizo quemar en aquella reunión tan extraña.

Concluyo aquí. Tal vez seguiré un rato más ante esta pantalla, para ver de nuevo a Caruso a través de *YouTube*, en películas mudas. Caruso como *Pagliaccio* en "*Vesti la giubba*", holgado atuendo blanco con descomunales botones, bonete, angustiosos ademanes y morisquetas. Caruso que por la ventanilla de un tren contempla sonriente una multitud que lo aclama y agita sombreros y pañuelos. En el papel del Radamés de "Aída", traje y casco que lo asemejan a una matrona oronda en un baile de disfraces. Al arribar a Nueva York; sus admiradores colman el puerto y él y su pequeña hija devuelven los saludos desde el barco. Rodeado por damas ensombreradas que festejan sus chistes. Caruso embutido en un tapado de piel y firmando autógrafos. Caruso que ríe a carcajadas, hace monerías, sube a una limusina, come espaguetis, canta, canta, canta...

## Gorgonio Balestra, poeta oficial

En los "eventos culturales" a los que concurría Gorgonio Balestra, el mayor poeta oficial de la provincia, casi siempre había mujeres dispuestas a irse a la cama con él. Mujeres generalmente maduras, generalmente feas, generalmente *poetisas* o por lo menos con alardes de ser sensibles a la poesía.

Yo, que supe trabajar por algunos años en la Dirección de Cultura Provincial, conocí bastante al lungo Balestra. Cuando ingresé a la Dirección el hombre ya llevaba un decenio allí, y ya sin otra tarea visible que la de redactar discursos para sus superiores (el Gobernador inclusive), seleccionar y archivar recortes de prensa y representar al organismo en los programas de los mencionados "eventos". Donde se anunciaba un "evento cultural" auspiciado por la Dirección, hacia allá seguramente enfilaba el lungo. Ocupaba con exclusividad una oficinita en el subsuelo, junto a un baño y frente al depósito, en la que acumulaba —en papeles variopintos, manuscritos o mecanografiados, tachados, ilegibles muchos, arrugados y desarrugados algunos, dispersos entre libros, diarios, revistas, pornográficas algunas, fotografías desteñidas, colillas y restos de alimentos— cuanto le dictaban las musas. Cada tanto un burócrata entraba allí y le anunciaba, por ejemplo: tal feria municipal del libro, o: las fiestas patronales de tal localidad, o: el festival de la cosecha en tal otro pueblo, y el lungo Balestra comenzaba a prepararse para una lectura de sus versos, o una conferencia, o para un debate. Había ganado premios en concursos literarios regionales, cuyos diplomas ornaban su oficina. Colaboraba con suma frecuencia en los suplementos literarios de periódicos de la provincia. Por norma, su nombre figuraba en los jurados de certámenes poéticos. Todo ello —y aunque había publicado sólo un libro, mediante la imprenta oficial y con circulación muy escasa— permitía considerarlo como un poeta famoso en su ámbito. Y, sin duda, a dicha fama debía los éxitos eróticos que obtenía durante sus viajes laborales.

En la historia que acababa de contarme el musicólogo-folclorista Hernán Patiño el protagonista principal era Balestra. Tras semblantearme por un instante, Patiño creyó necesario admitir:

—A cualquiera le cuesta creer la cosa. Poeta, amigo del alcohol...

—Que yo sepa, no tiene ese vicio —repuse.

—No lo tendría cuando usted trabajó con él. Pero yo lo vi empedándose con ganas.

—Hace siglos que no lo veo.

Viajábamos en un ómnibus destartalado hacia un pueblo de la frontera, para intervenir en un "evento cultural"; Patiño, con una disertación sobre las relaciones existentes entre el chamamé y la polca paraguaya; yo, con una sobre narrativa postmoderna. Nos patrocinaba una empresa yerbatera con plantaciones en la zona.

Quedé preguntándome cuándo me había encontrado con Gorgonio Balestra por última vez. Recordé un taller literario que condujimos durante una semana en una sociedad de fomento, no muy lejos de aquellos confines. Balestra me pidió que le dejara libre la habitación que compartíamos en el hotelito, para poder revolcarse con dos de las damas asistentes a nuestro taller. Entiéndase, no con las dos a la vez: por una gorda santulona que Balestra enganchó el segundo día, cuentista, que se escandalizaba cuando leíamos textos de contenido erótico, pasé tres horas fumando solo en la plaza central, amenazado por relámpagos y una brisa sofocante; y gracias a una señorita cegata, algo histérica y que escribía haikus bastante buenos, pasé una madrugada caminando por las calles desiertas y —esto ya en la noche final, para posibilitar la despedida entre los amantes— un interminable rato conversando con el expendedor de una gasolinera vecina. La gorda, por su temor a las malas lenguas, exigió recaudos que mi espíritu de colaboración me obligó a cumplir, cerciorarme de que, al entrar la pareja y a la hora convenida para la salida, el anciano conserje durmiera a pierna suelta como lo hacía habitualmente. Recordé asimismo una noche en un pueblo cuyo nombre no recordaba, cuando sorprendí a Gorgonio Balestra cenando a solas con una actriz sexagenaria. Ella había acudido, también desde la capital de la provincia, para presentar un monólogo teatral en el mismo "evento". Yo había vuelto al restorán, que estaba ya casi vacío, para comprar cigarrillos, y recién advertía que aquellos dos no habían participado en la cena grupal. Una rápida mirada que él me lanzó me hizo comprender que mi presencia entre ellos molestaba. Me fui preguntándome qué placeres lograría el poeta con tan patético levante. Los placeres del ego, de sentirse admirado, me contesté.

El colectivo se detuvo frente a un almacén de un paraje cualquiera, donde se demoró unos cuantos minutos que Patiño aprovechó para apearse y regresar con un paquete de galletitas. Acepté una; antes de ofrecerme otra me dijo:

—¿Sabe cómo lo llamábamos en la Dirección a Balestra?

—Comebagres —me anticipé—. Ya se lo llamaba así en mi época.

—Hoy casi nadie lo llama con ese nombre.

Reflexioné por algunos kilómetros sobre lo que, según el musicólogo, ciertas personas allegadas al poeta andaban contando. Me dije que tal vez aquella mujer con que se mostraba Balestra no era tan bella. Toda fémina que encuadrara en las normas estéticas elementales y que le diera bola a Gorgonio Balestra se vería *prima facie*, por mero contraste con sus antecesoras, como una belleza, pensé. Y quizá el hombre ni siquiera la había conquistado durante un "evento cultural" en un pueblo remoto, quizá se trataba de una puta contratada para pavonearse y nada más... Patiño interrumpió mis pensamientos con una pregunta inopinada:

— ¿Usted sospecha que él inventó esa historia?

—Vea, le seré sincero. No niego que el lungo pueda levantarse una mujer joven y hermosa, incluso muy hermosa, y hasta enamorarla y tenerla como amante estable...

—Yo no dije eso.

— ¿Perdón?

—Yo no dije *amante estable*. En ningún momento. Según Balestra, él encuentra a la chica por ahí, donde menos espera, echan un polvo y después ella se esfuma.

—Pero él sabe dónde hallarla...

—No señor. La muchacha le niega toda información sobre su persona. Al principio, por supuesto, Balestra creyó que ella vivía en Buenavista, donde él la habría conocido y conquistado, pero más adelante anduvo investigando en el lugar y no consiguió ningún dato. Eso cuenta.

Mi respuesta a la pregunta sobre una hipotética invención quedó trunca, Patiño no me pidió que la completara. Yo había querido expresar que a mi juicio debíamos distinguir entre los hechos que el poeta contaba y la interpretación que de tales hechos formulaba y difundía el poeta. Y me basaba en la monstruosa egolatría que Balestra me había demostrado mientras trabajé a su lado. Aquello de que la misteriosa joven era la Poesía (Balestra emplearía aquí la mayúscula), venida para rescatarlo de la deleznable explotación sexual de su fama poética, encajaba a la perfección con su personalidad egolátrica, petulante hasta la alucinación, que se escondía bajo una falsa modestia. Al explicar aquel romance suyo, el lungo Balestra deseaba proclamar: ¿Ven cuánto vale mi talento poético? ¡La propia Poesía bajó a premiarlo!

El colectivo había adquirido una velocidad constante y rumorosa que adormilaba a los pasajeros. El musicólogo parecía dispuesto a sumarse al sopor general. Sin embargo, no me resistí a reanudar la charla:

— ¿No lo habrá dicho en sentido figurado?

—El qué.

—Que la mina es la poesía. Cuántas veces uno escuchó: *esa mina es la poesía.*

—No. No hablaba en sentido figurado.

— ¿No habrá querido tomarles el pelo?

Patiño me miró muy serio.

—Balestra no tiene confianza conmigo como para tomarme el pelo. Ni con otras personas a las que les contó lo mismo.

— ¿Sin contradicciones?

—Sin contradicciones. Bueno, supongo que no.

—Me gustaría verificar eso.

— ¿Para qué?

—Para escribir sobre el asunto.

El musicólogo se volvió enteramente hacia mí, sorprendido, medio enderezándose. Sonreía.

— ¡Qué gran noticia, compañero! —exclamó—. ¿Y qué va a esperar para ponerse a escribir? ¡El guiso está listo! Un borrachín acostumbrado a cogerse unos bagres terribles gracias a su fama de poeta. Un día, en el culo del mundo, engancha a una chica preciosa y se convence, su cabeza delirante lo convence, de que ligó con la mismísima poesía. Enamorado hasta los huesos, cómo no, le propone casamiento a la dama, o concubinato, si ella lo prefiere, pero ella no acepta. La dama sólo quiere continuar la aventura sin compromisos, apareciendo y reapareciendo en el camino del poeta cuando se le da la gana, como le corresponde a la auténtica poesía...

El silencio que dejó su interrupción se prolongó. La excitación aún le crispaba la cara rojiza, sebosa por la ineficacia del aire acondicionado, ahora con un asomo de perplejidad. Echó unos vistazos a la ventanilla, como si el monótono paisaje —llanura y más llanura reverberante y salpicada de achaparrados arbolitos y ranchos solitarios— albergase la respuesta para la inquietud que nos apuraba a los dos por igual.

— ¿Y qué final me sugiere? — pregunté por fin.

Suspiró. Se revolvió ligeramente en el asiento arrojándome una vaharada de catinga. Carraspeó. Se acarició el cabello.

—El que se conoce hasta ahora —dijo—. El poeta desaparecido. Se supone que buscando a su amada en el alcohol y la locura.

Y allá donde se hable de poesía, pensé. En cuanto "evento cultural" pueda andar la poesía. Sobre todo en los pueblos perdidos, pensé.

## Cita en el Hotel París

El viejo Valiant dejó la playa de estacionamiento contigua a la estación ferroviaria y rodó con parsimonia. El ripio crujía bajo sus neumáticos. Domínguez notó que en el habitáculo abundaba el polvo pero eso apenas lo fastidió, como si el largo trayecto en tren hubiese agotado su capacidad de fastidio. Lanzaba ojeadas por las ventanillas y algunas hacia la nuca del chofer, un tipo corpulento y calvo, que pispeó dos veces por el retrovisor y después, al parecer, perdió interés en su pasajero.

—Un pueblo antiguo —comentó Domínguez, cuando ya habían transitado algunas cuadras por el radio urbano.

El taxista carraspeó, se removió en el asiento y se echó hacia delante como si debiese acomodarse para hablar.

—Bastante antiguo, don. Y hecho mierda, ya lo ve.

— ¿Qué le pasó?

El chofer se encogió de hombros.

—Nos comió la pobreza. Nos caímos del mapa.

Domínguez se torció hacia su izquierda y alzó la mirada para contemplar un caserón recortado contra el claror de la luna llena.

—Se nota que hubo plata.

—Sí, algunas casas fueron hermosas. Casi todas están abandonadas.

Anduvieron un trecho en silencio. Lo que veía Domínguez corroboraba las palabras del taxista. Un pésimo alumbrado público, ninguna calle asfaltada, veredas con maleza, una plaza a oscuras, edificios con signos inequívocos de deterioro, incluso la iglesia, incluso la municipalidad. La vaciedad de las calles acentuaba la atmósfera opresiva.

— ¿Viene de lejos?

La indiscreción característica de los pueblos chicos, pensó Domínguez.

—De Buenos Aires.

El conductor asintió con la cabeza y, sin quitar la atención del camino, aventuró:

—Negocios.

Domínguez decidió mentir:

—Negocios.

Procuró imaginarse cómo continuaría el diálogo si contaba que venía a acostarse con una mujer fallecida quince años atrás. El tipo lo tomaría a broma, pero ya con el recelo que supone transportar a un presunto loco en una noche desierta. Habría que explicarle que venía por indicación del profesor Rossi, quién era Rossi, lo mucho que había trabajado Rossi para que aquello resultara posible. Y aquí se planteó este interrogante: ¿acaso sabía el taxista lo que ocurría en el Hotel París? La fama internacional del hotel hacía probable que tuviera tal conocimiento. Pocos pasajeros llegarían al pueblo por otro motivo, el curioseo aldeano no lo pasaría por alto. Entonces: ¿los demás lugareños tampoco ignoraban la vida esotérica del hotel? Figurarse que el chofer desplegaba una farsa le provocó una oleada de rabia.

El Valiant se detuvo bajo unos plátanos, frente a una casa de ladrillos expuestos y con tres puertas y cinco ventanales. La zona que sombreaban los árboles se extendía hasta la esquina sin más luz que una, amarilla y anémica, provista por un foco polvoriento sobre la puerta principal. Las raíces de los árboles habían levantado algunas piedras de la acera. Domínguez se apeó y esperó a que el chofer abriera el baúl y recogiera la valija. Al oír que el taxista cerraba el baúl, dio el primer paso. Se propuso controlar sus nervios.

Entraron a un zaguán que desembocaba en una galería y un patio. El gordo se adelantó y dobló a la izquierda, ante la primera puerta. Penetraron en un salón casi totalmente en penumbras; al fondo había un mostrador-vitrina iluminado y, de pie tras el mueble, un hombrecito que los observaba junto a un pequeño velador encendido. El taxista depositó el equipaje en el piso de baldosas, señaló al conserje con una mano y lo presentó, sonriente:

—Pachequito.

El conserje, petiso, maduro, escuálido, tenía delante una revista y a su izquierda un teléfono. Saludó sin alterar su seriedad.

—Buenas noches. ¿El señor Domínguez? —voz grave, pausada.

—El mismo —confirmó Domínguez.

El taxista evidenció sorpresa por el hecho de que aguardaran al pasajero. Rotó la cabeza hacia un rostro y el otro, su sonrisa se esfumó. Domínguez le preguntó el precio del viaje, extrajo su billetera, buscó los billetes, pagó y le dijo que se quedara con el cambio. El taxista agradeció; al despedirse hizo una leve reverencia.

Pachequito anunció que iba a despertar a su patrona e invitó a tomar asiento. Cuando el conserje salió por entre las cortinas de color granate que lo enmarcaban, Domínguez giró y escogió una de las sillas de alto espaldar que rodeaban la mesa más próxima, la atrajo, la orientó hacia el mostrador y se sentó. La luz blanca de la vitrina imprimió a sus facciones una claridad fantasmagórica; su prognatismo y sus hirsutas cejas sugerían una máscara grotesca.

Estudió la vitrina. Había allí fuentes con comida, jarras, un hervidor de aluminio, botellas. Después se volvió hacia atrás y paseó la mirada por el salón. La penumbra no le impedía percibir la vetustez del mobiliario. Dos cristaleros, un aparador, un trinchante, más o menos veinte mesas cuadradas con sillas similares a la que él ocupaba, un gran reloj incrustado en una pilastra, un perchero cerca de la entrada. En el centro pendía una araña compuesta por varios brazos que imitaban velones, ahora sin uso salvo uno donde languidecía una lamparita paupérrima. En las paredes, cuadros con gruesas molduras y dos espejos de cuerpo entero, enfrentados. Domínguez se preguntó cuán reducida estaría hoy la clientela. No sería una clientela muy escasa, o el hotel no hubiera sobrevivido. La hipótesis de un hotel lleno de huéspedes copulando con muertos le infundió una inquietud indefinible.

Pachequito regresó, el viajero se irguió. Solicitó Pachequito:

—El informe, por favor.

— ¡Ah, sí! —exclamó Domínguez, y cogió la valija, la puso en la mesa y la abrió.

Pachequito agarró el sobre e hizo mutis sin demora.

Domínguez había leído el informe, Rossi se lo había entregado con el sobre abierto. Historiaba su matrimonio y los contactos sobrenaturales mantenidos con Carlota a través del firmante. Fechas, datos concernientes al carácter de Carlota, las circunstancias de su muerte, un panegírico de la pacífica y feliz convivencia de los cónyuges durante dieciocho años, por qué no engendraron hijos (la infertilidad de Carlota referida en términos científicos, los tratamientos médicos infructuosos). También había una fotografía en color, Carlota entre la arena y el mar, con una malla enteriza (por entonces las mujeres aún no usaban biquini) y una radiante carcajada. El profesor había escogido aquélla porque —a los fines del caso— convenía utilizar una foto de Carlota lo menos vestida posible. El informe concluía con un dictamen según el cual, considerados los antecedentes de la relación conyugal y la progresiva intensidad erótica demostrada por Carlota en sus comparecencias *post mortem*, cabía albergar la certeza de que la susodicha prestaría su consentimiento para el acto sexual.

Domínguez entornó los párpados y vislumbró a su mujer. Más bien un bosquejo, pues el tiempo había disuelto muchos detalles. Carlota desnuda y de pie para que él la contemplara, en la pose que más lo excitaba, una mano en la nuca y la otra en la cadera. Movete, Carlota, ordenaba él desde su sillón, la voz estrangulada por el deseo. Y ella caminaba contoneándose igual que una *top model*. Felina, Carlota. Magnética. O Carlota desnuda y sentada sobre el borde del lecho, enfundándose las medias con estudiada lentitud pero como si una gracia autónoma flexionase y estirase sus piernas. Despacio, Carlota, despacio... Los estriptís de Carlota. Sus zarandeos a caballo sobre él, ensartada, el torso bien derecho, acariciándose los pechos, anhelosos los labios.

—Concéntrese en esas imágenes —mandaba el profesor Rossi—. Facilitará las cosas.

Y aclaraba:

—Ella vendrá por el deseo que perdura en usted, Domínguez. Por eso se aproxima. Por eso accederá a que usted la posea nuevamente.

Y a veces, cuando la comunicación con Carlota ya había concluido, el profesor se distendía y se enredaba en disquisiciones relativas al poder del sexo más allá de la muerte. Citaba a autores de literatura espiritista, narraba casos que había protagonizado como médium. Y por fin, una noche durante la cual Carlota había emitido mensajes harto sensuales desde ultratumba, Rossi habló por primera vez de cierto hotel de un pueblo perdido, donde los amantes vivos copulaban con sus amantes muertos.

Abrió los ojos y creyó ver al profesor en la turbieza del vidrio del mostrador, entre un pollo asado y unas botellas. Las gafas desmesuradas, la nariz ganchuda. Pero enseguida comprendió que veía un reflejo de alguien que lo examinaba encorvado sobre él. Su corazón pegó un brinco, sintió un escalofrío. Se enderezó de golpe, las cabezas casi se chocaron.

—¡Oh my God! ¡Please forgive me, sir! ¡Please forgive me!

El tipo se parecía bastante a Rossi, aunque no tanto como para que se los confundiera. Domínguez aún transparentaba el susto cuando aquel gringo gigante, ruborizado hasta las orejas, pidió disculpas. Aceptadas éstas, los dos quedaron en una actitud tímida. Elusivas las miradas, erráticas. Con dos o tres vistazos de soslayo, Domínguez evaluó al gringo. Por la maleta que tenía a sus pies y la llave que traía en una mano, un huésped que desocupaba su habitación. Algunas canas, bien vestido, saco sport, remera a rayas; calzaba modernas zapatillas. Lucía un reloj y un anillo suntuosos. Mostraba impaciencia.

La ausencia de Pachequito generó el diálogo. Lo esperaba un largo viaje, en un coche alquilado hasta Buenos Aires y desde allí por avión a Nueva York, dijo el gringo. ¡Oh, yes, yes (y se le escapaban palabras en inglés pese a la manifiesta intención de comunicarse en castellano), mí travel muchou todavía, mí atrasadou, very atrasadou...! ¿Se olvidó de despertarlo el conserje?, preguntó Domínguez. Una exultación cómplice invadió la rojez y un ojo refrendó la complicidad con un guiño. ¡Oh, nou, nou...! ¡Mí olvidarse hora! ¡Totalmente, totalmente! Y sin suprimir por completo la sonrisa batió palmas de manera suave, educada.

Pachequito surgió entre las cortinas y obsequió al extranjero con una inclinación de cabeza, recibió la llave y la enganchó en un tablero donde había cinco o seis llaves, todas grandes, todas arcaicas. El conserje y el yanqui dialogaron en inglés. A Domínguez le admiró que Pachequito hablara un inglés tan fluido. El yanqui sacó un fajo de billetes, pagó la cuenta y con una seña expresó que dejaba el dinero sobrante de propina. Pachequito agradeció, siempre circunspecto, anunció que abriría el portón para que el huésped retirara el auto (esto entendió Domínguez) y volvió a irse por entre las cortinas. El gringo saludó a Domínguez con un apretón de mano capaz de romperle los dedos, repitió la sonrisa y el guiño, tomó la valija y se marchó.

Domínguez titubeó y se sentó. Adoptó una postura que traslucía cautela; se agarraba ambas rodillas, tieso, como en suspenso, absorto en el mostrador.

Tres veces desvió la mirada. La segunda y la tercera porque creyó captar una minúscula sombra que corría junto al zócalo, donde la luz de la vitrina adelgazaba la penumbra. ¿Una rata? ¿Aceptaría Carlota acostarse entre ratas? Hundió de nuevo la vista en el contenido del mostrador, pero sin concentrarse, con una desazón patente. A la tercera mirada se le relajó el semblante y así, y como embebecido por aquel paisaje brumoso de fuentes y jarras y botellas, se mantuvo mientras el silencio nocturno restauraba la irrealidad que el yanqui había interrumpido.

Evocó a Carlota en *baby doll*, a Carlota en la ducha, a Carlota masturbándose para él. Tales recuerdos le infundieron confianza, por su nitidez. El profesor Rossi había dicho: cuanto más vívidos sus recuerdos de Carlota, más predispuesta ella a acostarse con usted. Domínguez se interrogó por milésima vez sobre el acto que pronto consumaría con su difunta esposa. Lo explicado por Rossi no alcanzaba para disipar sus temores; Rossi se limitaba a vaguedades inconducentes. No será un sueño, Domínguez, corregía. Ningún sueño tiene el realismo de la *experiencia* que usted vivirá. Piense que en ese hotel actúan fuerzas extraordinariamente poderosas y orientadas sólo a permitir esos reencuentros. ¿Y no son peligrosas esas fuerzas? Rossi sonreía, comprensivo. Para nada, Domínguez, para nada: la persona que las maneja, la hotelera, está calificada entre los mejores médiums del mundo. Y a guisa de prueba le enseñó un artículo que una revista de temas esotéricos había dedicado a aquel Hotel París y a su propietaria. Entonces Domínguez supo que la señora Matilde había convertido su hotel en un lugar único y famoso en el planeta entero, una casa de citas donde sucedían exclusivamente reencuentros sexuales entre vivos y muertos.

En cierto momento un fenómeno perturbador cortó las cavilaciones de Domínguez. Sonidos mínimos, casi inaudibles, poblaron la mudez de la noche. Risitas, pasos, un chirrido de puerta, murmullos indescifrables, una música intermitente, una especie de gorgoteo. ¿Una discusión? ¿Gemidos? Alguien corrió un mueble. Alguien susurraba una letanía...

Sin embargo, Domínguez no se intranquilizó. Ni siquiera despegó los párpados. Al contrario, un bienestar absoluto lo envolvió y meció su mente. Un sosiego dulce. Una concordancia entre él y el universo. Carlota ya llegaba. Faltaba apenas un rato para que la perseverancia fructificara. Y acabó por entregarse a la somnolencia que aquel estado le producía.

Lo espabiló la hotelera. Había envejecido varios años después de posar para la foto de la revista, o la falta de maquillaje la desfavorecía demasiado, o ambas cosas. La nariz respingona y los mofletes aún le imprimían una reminiscencia de nena, una nena rugosa, ya sin lozanía. La cabeza desgreñada y el pelo teñido de un amarillo pajizo sin duda contribuían a tal impresión. Vestía un salto de cama rosado y en la mano izquierda traía un papelito. Fumaba. Su diestra sostenía una boquilla negra con un cigarrillo recién prendido. Pachequito asomó detrás.

—Buenas noches, señor Domínguez —saludó, voz ronca, espesada por el tabaco, incongruente con el aspecto.

Domínguez acusó el sobresalto; se irguió como si lo impulsara un resorte. Por su cara, se diría que le costaba situarse en la circunstancia. Estrechó una mano laxa que enseguida le quitó el cigarrillo a su par.

—Soy la dueña de este hotel. Me llamo Matilde.

—Encantado, señora —y el afán por transformar la confusión en cortesía resultaba ostensible—. Mi nombre completo es José Eusebio Domínguez.

—Sí, sí, lo sé.

La mujer dio una pitada a la boquilla, soltó el humo hacia arriba y preguntó:

— ¿Le cansó mucho el viaje?

— ¡No! ¡Me encuentro perfectamente!

—Me alegro, me alegro... Semejante viaje agotaría a un Tarzán.

Pachequito asintió, grave, enarcadas las cejas. Domínguez supuso que al inquirir sobre el cansancio la hotelera pensaba en el propósito que lo traía. Tarzán... Pícara, doña Matilde. Ojalá contara él con el vigor de Tarzán por aquella noche. A Carlota le encantaría que él hiciera de Tarzán. Taparrabos, ademanes bruscos, el famoso alarido... Aunque solían disfrazarse para sus juegos eróticos, nunca se les había ocurrido Tarzán.

—¿Cómo anda el profesor Rossi? —preguntó la hotelera.

—Muy bien, señora, muy bien —respondió Domínguez—. Le envía saludos.

—Notable médium, el profesor Rossi —y se regaló otra calada, y por entre el humo añadió—: A usted lo atiende un profesional excelente, señor Domínguez.

Pachequito refrendó con un gesto y estiró un brazo. Desplazó un cenicero que había junto al velador; la mujer sacudió el cigarrillo sobre el cenicero.

—No lo dudo, no lo dudo —adhirió Domínguez.

—No nos conocemos personalmente. Hace tiempo que me manda clientes, pero no nos conocemos.

Domínguez esbozó un gesto de extrañeza.

—Claro, me relaciono con tantos colegas...

—El profesor me habló de su prestigio y su eficiencia.

—Siempre generoso, el profesor. Pero vea, y por favor no lo

considere una inmodestia, nuestros servicios son muy apreciados, en efecto. Trabajamos con el hotel repleto día y noche. Créame, nadie, en ningún país del mundo, alcanzó jamás nuestro nivel en la especialidad.

Otra ratificación de Pachequito, ahora con mayor énfasis. Domínguez advirtió que en una de las cortinas, a la altura del hombro derecho del conserje, había una cucaracha disimulada por el granate. Había subido unos centímetros, eso permitió el descubrimiento.

—Figúrese —proseguía la hotelera—, mi especialidad exige una gran preparación...

¿Y si la cucaracha o la rata fuera Carlota? Una encarnación transitoria, o el mero vehículo sobre el cual Carlota había viajado desde la eternidad... Una oleada de horror y arrepentimiento estremeció a Domínguez. ¡Carlota rata o cucaracha! ¡No! ¡Qué barbaridades imaginaba! Bueno, quizá ella ya no estaba en el bicho, quizá ya lo aguardaba desnuda en una cama, quizá a pocos metros de allí. Y aquí de nuevo le acometió el enigma con el que su magín se fatigaba desde que el profesor Rossi le propuso pasar por aquella experiencia. ¿Un sueño inducido? ¿Un fenómeno parapsicológico? ¿Una cabal resurrección? ¿Y si intentaba averiguarlo con la hotelera? No valía la pena, los espiritistas serios no se van de lengua respecto a su ciencia. No consiguió evitar que su fantasía volara a una habitación revestida de espejos, donde había una cama enorme, sobre la cual una Carlota en cueros y tendida de costado le sonreía cuando él abría la puerta. Había pulido la escena al detalle, incluso la expresión de Carlota, especialmente la expresión, aquélla que mezclaba a la hembra sensual con una niña traviesa, aquélla que lo inflamaba hasta el paroxismo.

Pero, ¿por qué lo mira así la hotelera? ¿Por qué esa cara? ¿Y por qué Pachequito asiente con esa mueca? ¿Qué dice ella?

Que lo siente mucho, dice. Que hizo todo lo posible. Y aspira y expele el humo.

¿Posible para qué? ¿Acaso existía alguna posibilidad de que algo fallara? ¿No aseguró el profesor que el Hotel París y su propietaria brindan un servicio insuperable en la materia?

Y entonces el señor Domínguez oye un nombre que le hiela la sangre:

—María Teresa.

María Teresa. La hotelera leyó su papelito, y leyó "María Teresa" de un modo clarísimo.

Y luego:

—Irene.

Y luego:

—Bety.

Y otro nombre. Y otro, y otro. Los demás nombres de las mujeres que llenaron el vacío dejado por Carlota.

Y el señor Domínguez comprende que Carlota jamás vendrá. Que las mujeres irremplazables pretenden una fidelidad absurda, quimérica. Y que su despecho puede tanto como el sexo después de la muerte.

## La organizadora

Sin la intervención del loco Uriburu aquel homenaje perduraría en algunas memorias como uno de los más emotivos que se realizaron en Buenavista, solamente por eso. Pero el loco metió la cuchara, y el episodio se grabó en la historia del pueblo como una marca indeleble.

Homenajeaban a la señorita Capullo, se cumplía el tercer aniversario de su muerte. Lo más importante de la población rodeaba el pequeño sepulcro cubierto de flores frescas. A la oración que rezó el padre Basilio siguieron los discursos. Los oradores exaltaban, claro, las dotes organizativas de Capullo. Don Yeyo Vargas recordó la creciente del río que asoló la comarca cuando él era Intendente Municipal. Dijo que entonces no hubo pérdidas mayores gracias al plan de evacuación diseñado por Capullo. El doctor Carranza evocó la epidemia de cólera y dijo que la cuarentena que organizó Capullo evitó muchas muertes. Representando a la Acción Católica habló su presidenta, y alabó la eficacia con que Capullo organizaba las colectas. Habló alguien por la Sociedad Rural (Capullo organizó remates de ganado muy exitosos), alguien por una escuela, alguien por el San Isidro Football Club, que ganó tres campeonatos con Capullo fungiendo de DT, alguien por la funeraria, que tuvo a Capullo como organizadora de exequias por añares.

Abundaron la emoción y las añoranzas. Hechos remotos resurgieron en la nostalgia generalizada. A éste Capullo le había organizado un viaje inolvidable; a aquél, su fiesta de boda; a aquel otro, un jardín; y a aquél, su establecimiento comercial o una cosecha. Kermeses, mudanzas, búsquedas, competencias deportivas, eventos culturales, actos escolares, ferias, desfiles, espectáculos diversos, procesiones, picnics, colecciones, no había qué no supiera organizar Capullo a la perfección, hasta el último detalle, y raramente cobraba por hacerlo.

La emotividad de la ceremonia perturbó a unos cuantos. La pianista Águeda Filártiga, verbigracia, sostenía que vio a Capullo flotar entre los cipreses mientras discurseaba el presidente de la cooperativa agraria. La homenajeada miraba el homenaje, unos gorriones la sobrevolaban, la brisa despeinaba sus canas ralas. Pero la Filártiga era una artista, y pocos creen en lo que ven los artistas. Además, se contradecía bastante. Unas veces Capullo sonreía; otras, observaba el acto muy seria e incluso lagrimeaba, el sol hacía brillar el llanto en sus ojos saltones. Unas veces flotaba tendida boca abajo, con la pera sobre los brazos encimados y la giba difuminada por las nubes; otras, vertical, y giraba como en cámara lenta, y con los brazos abiertos, como si quisiera abrazar a alguien. "Quiere abrazarnos a todos", afirmó Mimicha Sagastume, la médium. "Quiere protegernos". El padre Basilio frunció el entrecejo y repuso que sólo los santos se aparecen, que la Iglesia no admite que se aparezcan los simples difuntos. La Filártiga reconocía que cuando divisó a Capullo aún se hallaba emocionada por el discurso del poeta Ceferino Miranda, pero argüía que los sentimientos jamás le quitaron lucidez.

El discurso de Ceferino Miranda conmovió hasta a las lápidas. Miranda solía elaborar sus disertaciones públicas tanto como sus versos, ninguna frase, ninguna palabra escapaba al control de su razón. Y profesaba un singular afecto por Capullo. Ella le había enderezado la existencia y quizá lo había salvado de la muerte varias veces. Solía irrumpir en casa del vate, antro de la desidia, especialmente cuando Miranda se encontraba enfermo, y asumía el gobierno doméstico e instauraba allí un régimen de vida digno. Limpiaba, ordenaba revoltijos, tiraba a la basura o quemaba lo inservible, mandaba ropas a lavar y ropas a remendar, mandaba a reparar enseres estropeados, traía, a cuenta del poeta, una mucama, una cocinera, en ocasiones una enfermera, traía albañiles, electricistas y otros operarios, impartía instrucciones, establecía horarios, prohibía, modificaba, supervisaba... La gratitud derivada de aquellos socorros se tradujo en una especie de celo paternal que el poeta desplegó en defensa de la estima que merecía Capullo. Él la apodó Capullo. Hasta entonces le aplicaban motes en general humillantes: la Quiste, la Verruguita, la Quirquincho, la Microbio; pero desde que el semanario El Progreso publicó aquel poema que le dedicó Miranda, el apodo Capullo se impuso, soberano. Por mucho tiempo se recordaría esta estrofa:

*Capullo, guardas flor esplendorosa*
*que cegaría al incauto que la viera*
*y la ocultas así para que nadie*
*por envidia o mezquindad troncharla pueda.*

La organizadora se llamó Capullo ya para siempre. Y si algunos imprimieron al alias un sentido irónico, por el contraste habido entre el vocablo en su acepción floral y la fealdad de Capullo, el hábito del uso destruyó la ironía. (Parece oportuno señalar aquí que la conciencia colectiva de la utilidad de Capullo surgió un lustro después, cuando, en un aniversario de Buenavista, la condecoró el Intendente. El decreto pertinente fundaba la distinción en el espíritu solidario que Capullo demostraba con sus —textual— *servicios organizacionales.* Desde entonces Capullo fue *la organizadora;* su valor social resultó, así, institucionalizado.)

Ceferino Miranda ponderó con metáforas y alegorías las aptitudes natas que albergó aquel cuerpo reducido, deforme y cojo, y aquel cerebro que desde un cráneo enorme y a través de unos ojos como pasmados indagaba al mundo para organizarlo correctamente. Aludió a su hiperactividad no entorpecida por su renguera, aludió a las pocas esperanzas de vida que conllevaba su malformación y que ella venció muriéndose sexagenaria, aludió a su omnipresencia. "Hada insomne." "Ráfaga de brisa devenida en luengo ventarrón benéfico." "Sol de mil auroras simultáneas."

El discurso que el escribano Pedro Fleitas leyó en nombre del Rotary Club también impresionó particularmente a la concurrencia. Ello gracias a las pinceladas literarias que el notario había añadido por su apego a la literatura de ficción. En el final, don Pedro Fleitas señaló que quizá los buenavistenses, por contingencias de las cuales ella, su sapiencia organizativa, los defendería inmejorablemente, aún lamentarían con mayor intensidad la ausencia de Capullo. Por ejemplo, dijo, una catástrofe nuclear o una invasión de extraterrestres. Demasiada imaginación, criticaron algunos. ¿Extraterrestres interesados en este pueblo de mierda?

Y entonces habló el loco Uriburu. Los vecinos se preguntaron durante décadas quién lo incorporó a la lista de oradores, o si él tomó la palabra tan sólo por la confusión que reinaba en el acto debido a las emociones. Lo cierto es que de pronto el loco Uriburu estaba ahí, encaramado en un sepulcro contiguo al de

Capullo, pidiendo silencio con las manos. Contra la luz de la tarde que moría, entre las cruces, su figura quijotesca y harapienta se recortaba inquietante por su semejanza con un resucitado.

Lo llamaban Uriburu porque cuando llegó a Buenavista, unos quince años antes, decía ser el general Uriburu. Distribuía aparatosos saludos militares y explicaba que el general se había encarnado en él. Enseguida la gente empezó a utilizarlo para la chacota. Alguien le encasquetó una gorra de milico y lo adornó con una banda de Presidente; alguien le caló unos lentes similares a los que usaba el dictador. El loco andaba día y noche con aquellos atavíos, los lucía con manifiesto orgullo. Durante un carnaval, lo incluyeron en una carroza alusiva a la democracia, uniformado por completo y encadenado a una gigantesca Constitución Nacional. Quizá por tanta burla decidió proclamarse Albert Einstein. Más adelante se creyó Cristóbal Colón, el indefectible Napoleón Bonaparte, San Onofre, San Cayetano, Pitágoras, Cornelio Saavedra. Sin embargo, el nombre Uriburu perduró pese a las sucesivas reencarnaciones.

Aquella tarde —y en esto coincidirían los testimonios— impactó a la multitud desde las primera frases. "¡Se viene el caos! ¡Se viene el caos!", gritó encima de la tumba, agitando los brazos como alas enloquecidas. Y tras acallar las risitas con que algunos pretendieron festejar la intromisión, su voz chillona, estridente, derramó torrentes de pavor.

Dijo el loco Uriburu que la muerte de Capullo había condenado a los buenavistenses al caos. ¿No se daban cuenta? ¿No lo sentían? ¡Sus vidas se caían a pedazos porque no había quién reemplazara a la señorita Capullo!

¡Ah..., se acostumbraron! ¡Ella les organizaba todo y ahora

los señores no sabían organizar nada!

Habló y habló el loco, y de repente saltó a otra tumba, en la cual el torrente verbal renació al instante y aniquiló el murmullo provocado por el salto. Desde aquí la elocución sumó contundencia, adquirió una precisión, una fluidez y una riqueza léxica apabullantes.

¿Acaso no captaban las señales?, preguntó, cuando aún se estabilizaba sobre el segundo sepulcro. Los espectadores ni siquiera pestañeaban.

¡Que hicieran memoria! ¡Los planes que fracasaban, las normas de la realidad que se rompían, las cosas que se volvían inmanejables! ¿Por qué inseguridad donde hubo certeza? ¿Por qué tan inalcanzables las metas, tan complicados los proyectos? ¿Por qué les costaba levantarse cada mañana y enfrentar el despelote en que se convertía el pueblo?

Nuevo salto. Acrobático. Un gran pájaro, Uriburu, entre las dos tumbas. Caída perfecta, los brazos procurando el equilibrio, las piernas bien flexionadas. Se abraza al ángel de mármol que preside la sepultura, aprieta los párpados, alza la pera. Abre los ojos y otea la multitud con fiereza y desdén. Acomete:

¡Ustedes, miserables, canallas, odiaban a la señorita Capullo! ¡La odiaban porque aman la desorganización! ¡Por eso la veían enana y fea, y jorobada, y cabezona! ¡Pero la vida exige organización, señores! ¿Acaso existiría el universo sin organización? ¡Ah, malditos, despreciarla mientras se aprovechaban de su nobleza...!

Así habló el loco ante aquella muchedumbre, a la que el miedo ya paralizaba. Y vaticinó fatalidades horrendas. Enfermedades mortales causadas por la desorganización de células y átomos, embrollos astrológicos que motivarían infortunios irreversibles, accidentes cósmicos cuyas partículas lloverían sobre el pueblo, apocalipsis minúsculos y mayúsculos. Buenavista y sus habitantes engullidos por la falta de organización.

Al verlo saltar de tumba en tumba, diluido a medias por el final del crepúsculo, los presentes se interrogaban: ¿quién hablará ahora? ¿El general Uriburu? ¿Einstein o Pitágoras basado en cálculos exactos? ¿Un santo que lee las intenciones de Dios? La oscuridad se abalanzaba sobre Buenavista con un hálito angustiante. Nadie osaba salir del camposanto, todos querían permanecer junto a Capullo.

Y todavía hoy, transcurrido un largo tiempo, desaparecido ya el loco Uriburu, hay lugareños que padecen pesadillas relacionadas con aquel homenaje. Quienes alucinan que se hunden en un caos clamando por el auxilio de Capullo. Quienes emprenden tareas organizativas tan súbitas y desesperadas como infructuosas.

# Índice


Los inmunes ........................................................... 7

Schubert................................................................ 13

Un detective eficiente .......................................... 24

Inusitada mixtura ................................................. 31

Buenavista capital del sexo ................................. 38

La telefonista y mi obra ....................................... 46

La leyenda de la Princesita Santa........................ 52

La forastera del Agrio Fonseca ............................58

La guerra de los santos ........................................ 73

La expiación .......................................................... 86

Un canotier en la pampa gaucha ......................... 94

Caruso y mi abuelo. Y mi abuela......................... 99

Gorgonio Balestra, poeta oficial ......................... 106

Cita en el Hotel París ........................................... 113

La organizadora .................................................... 125

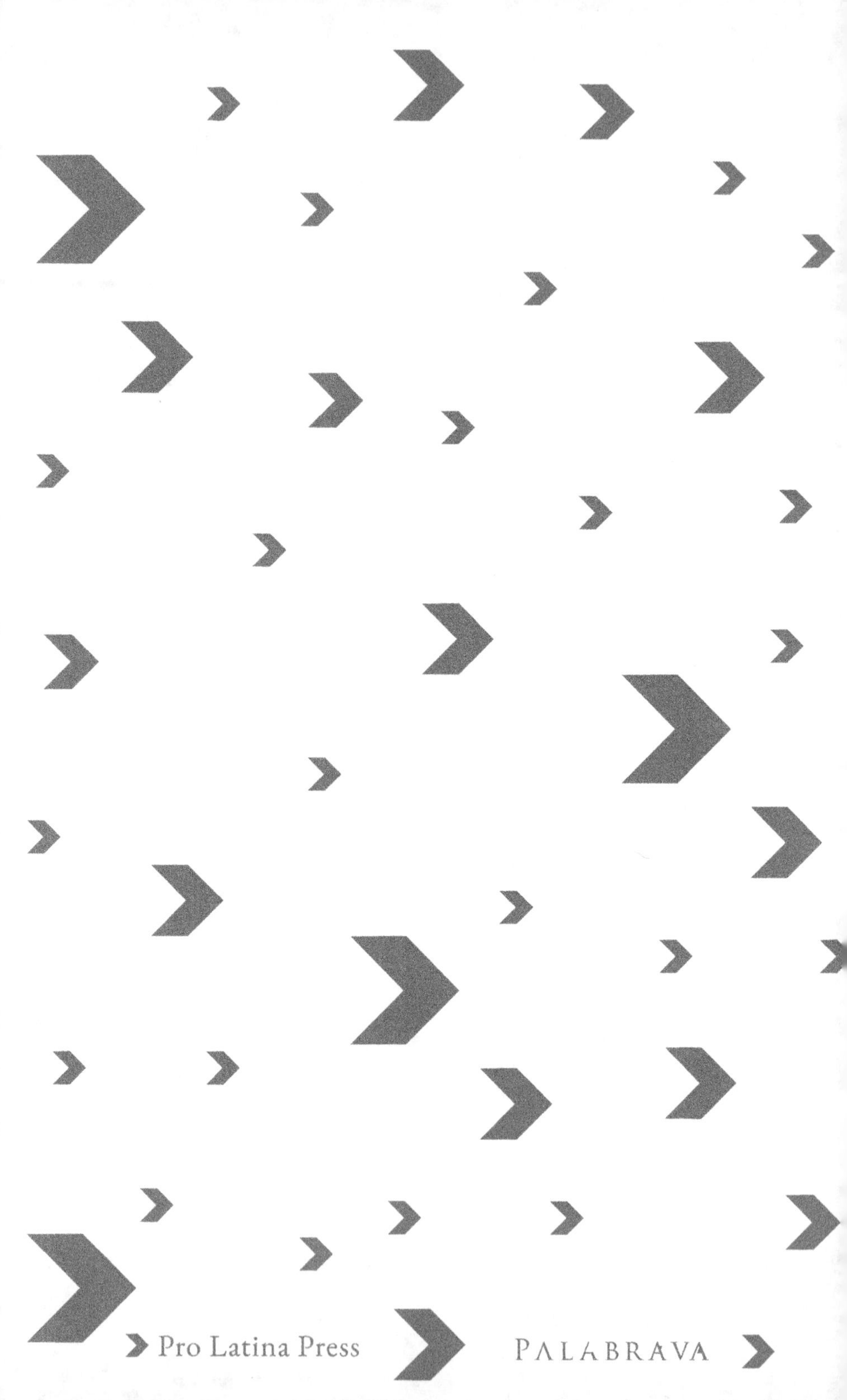
Pro Latina Press
PALABRAVA